茶山青的诗歌有感而发，直抒胸臆，坦诚，热烈。茶山青以赤子之心书写了自己对故乡大理的深情厚意。大理就是天堂的样子，诗人就是天堂的子民。因为他执着的书写，我们得以明白——诗人在什么地方歌唱，什么地方就是天堂，而不仅仅在大理。

——雷平阳，著名诗人，散文家，书法家

大理的自然风光、历史与现实，堪称绝美奇迹。诗人茶山青用一颗热爱家乡大理的赤子之心，以一部近两百首作品的诗集，十分立体地将大理的绝美奇迹表现出来，令人赞赏。如果没有扎实的写作功底和丰富的生活阅历，没有一颗大爱之心，没有坚韧不拔的毅力是做不到的。诗人茶山青的诗作隽永真挚，充满细节感的叙述与沉着内敛的抒情是其突出特征，诗风质朴、明朗、热烈、深沉，也不乏典雅与自然之美。其诗歌写作最值得肯定之处，是诗人从始至终的在场感与生活自身的经验意识的呈现，绵密的情感与生动的表达跟大理自然风光有机融为一体，展现出强烈的画面感与鲜明的意境美。这与诗人生活在大理、热爱大理、用心观照大理、深刻懂得大理有关。由此，自然风光、深厚历史、民族风情与质朴真纯的审美风格不着痕迹地交融在一起，形成了诗人茶山青大理书写的艺术个性与精神印记，体现出独特的创作价值。

——谭五昌，北京师范大学教授、著名评论家

生活在七彩祥云，走动在风景如画的大理，我认为是一种最惬意的生活方式。看到云南诗人茶山青发来的新诗集《大理不止风花雪月》，更是让我回忆起曾经多次拜访过的祥云、大理、宾川、弥渡……那些纯粹得不像人间的地方，是我一生中走过最难以忘却的过往。而长年生活在这块土地上的诗人茶山青，能写出如此优美的诗歌便是一件顺理成章的事情了。好诗不仅要在语言技巧方面出新意，同时在思想和感情上也要不落俗套。茶山青的诗歌语言读起来就像大理上空的云一样洁净，看起来非常直观，把所有的美都直接表达出来。就是诗人心中偶尔的疼，也是在不经意的叙述中慢慢展现，让阅读者一点点地走进诗人的灵魂深处。让诗人在自己心灵的释放过程中感同身受。甚至，有的时候，诗人完全走向一种自我的梦想，彻底忘记了语言本身，忘记了修辞。这样的诗歌就像长在大理的一草一木，看起来是如此亲近、如此自然。脚踏实地，诗如其人。诗人的品质在他的诗歌中体现得淋漓尽致——善良宽容、朴素正直，一个好人，才能写出好的诗歌。

——周占林，著名诗人、中国诗歌万里行组委会
副秘书长、现代诗歌研究院副院长、中诗网主编

茶山青是一位热爱生活的诗人。他以饱蘸浓情的笔墨，娓娓书写大理的世俗人生，万般风情。草木花石，山川民风，生活日常，都在他的"物我对话"和心灵烛照下，成为诗意盎然的"此在"。"大理不止于风花雪月"，他更以超越的思致跨越地域美学疆界，而走向中国乃至世界，走进每一个热爱生活的诗性胸怀。

——陈旭光，北京大学教授、著名文艺评论家

大理不止风花雪月

茶山青 著

云南人民出版社

图书在版编目（CIP）数据

大理不止风花雪月 / 茶山青著. -- 昆明 ：云南人
民出版社，2024. 12. -- ISBN 978-7-222-22999-0

Ⅰ. Ⅰ227

中国国家版本馆 CIP 数据核字第 2025WE7353 号

责任编辑：刘　焰
助理编辑：李明珠
封面图片摄影：杨士斌
封面设计：朱　月
责任校对：朱　颖
责任印刷：窦雪松

大理不止风花雪月

DALI BUZHI FENGHUA XUEYUE

茶山青◎著

出　版　云南人民出版社
发　行　云南人民出版社
社　址　昆明市环城西路 609 号
邮　编　650034
网　址　www.ynpph.com.cn
E-mail　ynrms@sina.com
开　本　720mm×1010mm　1/16
印　张　22
字　数　200 千
版　次　2024 年 12 月第 1 版第 1 次印刷
印　刷　云南优创印刷有限公司
书　号　ISBN 978-7-222-22999-0
定　价　99.00 元

云南人民出版社微信公众号

如需购买图书，反馈意见，请与我社联系。
图书发行电话：0871-64107659

地方诗史与襟怀大观

——茶山青诗集《大理不止风花雪月》序

霍俊明

谁能证明

一个地方多于另一个地方

——谢默斯·希尼

电视剧《去有风的地方》让大理旅游又火了一把！大理文化在旅游关键词中对应的正是"风花雪月"——"诗与远方"已经完全被滥俗化了。诗人最不应该充当的就是旅游手册导游词的解说员或观光的"外在眼光"的猎奇者。因为他们既没有深度又容易速朽，他们也根本不会触及深层的"地方知识"以及相应的文化根性、族裔基因和历史根系。诗人的眼光和襟怀面对的势必是其背后隐藏的秘密，将常识和日常经验的外层打开，直取真正的内核。因此，茶山青这本诗集名为《大理不止风花雪月》的缘由正在于此。

正是由于多年从事地方史志工作，作为大理本地人的茶山青较之其他诗人获得了"考古学"的眼界与别样襟怀。因此在他的取景框中，无论是地方历史、地理景观、自然生态，还是习俗、人文、传统，都获得了足够的观照。更为重要的是，他还是一个多年从事诗歌创作的写作者。由此，"诗人"与"地方知识"就获得了历史和诗学的双重观照与深度凝视。这必然使得茶山青的这些聚焦于大理的一百六十六首诗作并不是什么一般意义上的"地理诗"，至少与此前众多关于大理的"文旅诗"有了明显的区别。

茶山青对大理的书写并不是既视感和碎片化的，更不是即时性观感的产物，而是经过几十年的心理积淀、文化影响以及本土身份累积而成的。值得注意的是，茶山青对大理的观照不是点、面、线的，而是辐射状的，涉及地理版图上的苍山、洱海、大理古城、下关以及周边的祥云、宾川、弥渡、巍山、南涧、剑川、鹤庆、洱源、云龙、永平、漾濞。非常有意义的是，茶山青写出了以上大大小小空间之间的个性和差异性，由此诗歌的"地方性格"被真正地凸显出来。这就需要写作者具备充足的田野考察能力、经验储备以及知识储备，更为重要的是，他还必须具备足够宽广和深刻的整合能力以及提升能力。因为在地方文化视域下，所有的空间、事物、元素、场景以及细节等，进入诗歌世界之后，都必须经过诗人主观能动性的改造、变形以及提升，必须将外在经验、个人经验、地方经验转化为内在经验、语言经验、修辞经验以及足够引发共情的普遍经验。只有如此，一个诗人才既是"地方诗人"，又是"人类诗人"；只有如此，一个诗人诗歌中的"地方"才会区别于地理学家的"日记"。也就是说，面对同样一个空间，诗人给出的视角、宽度、深度都要超出其他人，由此我想到谢默斯待·希尼的诗句，"谁能证明／一个地方多于另一个地方"。

茶山青以大理为精神原点的一百六十六首诗作最终形成了一张美丽的织物。这些文本彼此之间构成了一个整体性的场域，其中涉及情感、经验、文化、历史以及想象。值得注意的是，无论是面向外在的山川、坡地、湖泊、洞溪、植被、城市、村庄、街道、寺庙、历史遗迹，还是涉及更为内在化、历史化、心理化的传说、习惯、节俗、传统、宗教，茶山青都赋予它们强烈而深沉的生命色彩和命运感。一切事物或元素因此获得了温度和热度。这些诗因而也携带了不乏戏剧化成分的"生命诗学"的意味，而这也只能由"土著"般的"地方诗人"才能真正完成。

是的，茶山青从不掩饰一个"地方诗人"的激情和热度，他几乎用一个又一个热词把事物、人物、景观、习俗以及更为内在幽微的心理世界和精神渊薮深情地抚慰了一遍、歌唱了一遍。这是一位时刻充盈着热力的"太阳"般的诗人。这又像是响彻大理山谷中的鸟鸣，四处喷溅着诗性的因子。这一切来自赤子情怀，来自挣不断的母体脐带，来自诗人记忆中最持久、最深刻的地方记忆。由此，我们看到的茶山青是一位名副其实的"民歌手"，他的诗格外突出和强化外在的耳感和扩音器式的效应，"诗"与"歌"在他这里得到了共振，诗歌的传播空间也由私人和室内扩散到外部空间。现代诗越来越强调和依赖诗人的复杂经验、复杂技巧以及复杂的语言方式，在这种阅读情境下，茶山青的这些诗作很容易被理解为显得"通俗""大众"或缺乏深度和难度。实际上，这几年在为《民族文学》撰写年度诗歌综述时，我就形成了一个阅读印象，即少数民族的诗歌写作越来越呈现出多元化的趋势，但仍然有相当一部分诗人保留着本民族天生的歌唱嗓音，诗与歌的传统在他们那里得到了有力而显豁的延续。对于包括茶山青在内的"地方诗人"而言，我更看重的是这些诗歌在情感内涵、修辞策略以及表达方式上所呈现出来的"真"。这种真既体现在经验和情感层面，也体现在语言、腔调和表达方式上。简言之，他们诗歌的嗓音是天生的、真挚的。当然，我们也期待那些既有地方嗓音又有思想深度以及写作难度的综合性大诗人的出现。

茶山青在诗歌文本中反复叠加和重现的"你"以及"亲爱的"形成了强大的召唤结构和对话空间，诗人并没有自说自话，而是不断地倾诉、对话、歌唱或者表白。毫无疑问，茶山青的这些聚焦大理的主题诗作具有强烈的鼓动色彩和宣示效果，它们是一位"地方诗人"经过多年的练声之后才传达出来的"歌声"，最终构成了一个地方的"诗史"，并突出了一个诗人大观式的襟怀。

2023 年春于北京

霍俊明，河北丰润人，研究员，博士后。《诗刊》社副主编，中国作协青年工作委员会委员，中国现代文学馆首届客座研究员。著有《转世的桃花：陈超评传》《于坚论》《雷平阳词典》，"当代诗人传论三部曲"以及其他专著、译著、诗集、散文集、随笔集、批评集等三十余部。编选《天天诗历》《先锋：百年工人诗歌》《青春诗会三十年诗选》《中国新诗百年大典》《诗坛的引渡者》《在巨冰倾斜的大地上行走》。主持"诗人散文"出版计划。

目录

上卷　来大理见景生情

一、大理恋情

003 ‖ 拿天堂来换大理也不换

005 ‖ 在远方，大声介绍我来自大理

007 ‖ 有爱，想深爱，来大理

010 ‖ 大理遍地都是美丽的诗

012 ‖ 生活在一条笑嘻嘻的鱼尾纹里

014 ‖ 来大理风光里活出新的自己

016 ‖ 活在大理活过百年还想活

018 ‖ 苍山的灵魂美上天

020 ‖ 洱海，给我们生活万千念想

022 ‖ 明天去看洱海，轻轻说给你

024 ‖ 来洱海的花环里游一圈

026 ‖ 来大理采风先采下关风

028 ‖ 大理花美，群芳里金花最美

030 ‖ 在大理抬头盼望来一场大雪

032 ‖ 下关风里的一片草坪

034 ‖ 苍山雪，横空百里

036 ‖ 清明，苍山负雪表白

038 ‖ 洱海月，交相辉映天上月

040 ‖ 那一抱，抱住一轮洱海圆月

042 ‖ 满身溪流奔腾，内心是海澎湃

044 ‖ 翻开风花雪月的封面

二、洱海西北岸

046 ‖ 双脚跨在西洱河上的兴盛桥

048 ‖ 苍山佛顶峰下凤阳邑

050 ‖ 观音塘前有一块阻兵大石头

052 ‖ 寂照庵，内容一个大世界

054 ‖ 苍山玉带云内玉带路

056 ‖ 七龙女池藏在一峰一溪间

057 ‖ 巅峰捧起一个天湖给你

059 ‖ 这一天，春天在这里全睁亮眼睛

061 ‖ 追着三岁小精灵跑进山水间

063 ‖ 大理古城，目光反复扫过

065 ‖ 红龙井

067 ‖ 拿三塔做背景拍个留影

069 ‖ 湾桥，下关风至此也收起野性

071 ‖ 在蝴蝶泉看出一个千古真相

072 ‖ 喜洲，一个笑容满面的地方

074 ‖ 古生村不老，岁岁逢春

075 ‖ 在磻溪

077 ‖ 海有舌，来看洱海舌

079 ‖ 在洱海北湾发现天堂的画

三、洱海东南方

081 ‖ 大理有一条最美行摄热线

082 ‖ 适合海誓山盟的地方

084 ‖ 在双廊镇做个自在百姓

086 ‖ 海印在我目光所及之处

088 ‖ 大理的天镜

090 ‖ 会呼啸的神奇海石

092 ‖ 罗荃半岛的传奇石有一段刻骨的传奇

094 ‖ 金梭岛，远古遗留的金梭

095 ‖ 大理海东出现理想邦

097 ‖ 让情人湖在诗里碧波荡漾

099 ‖ 你我情人湖的一日游

101 ‖ 大理茶花谷上空的飞鸟是幸运的

四、大理的天，大理的云

103 ‖ 打开一片漂亮天空

105 ‖ 大理的蓝，自然特色的蓝

107 ‖ 二〇二一年一月七日的精彩

109 ‖ 六月十九日上午的苍山云

110 ‖ 在洱海东方看见苍山美妙的云

112 ‖ 有幸观看白雪公主舞蹈

114 ‖ 雨季，下关的天边有雪山猛兽

116 ‖ 乌龙白龙金龙出没于大理

118 ‖ 遇见传说中的百鸟朝凤

120 ‖ 种在天上的松花菜

五、大理风情

121 ‖ 下关风吹不走大事件

123 ‖ 正月十五去凤仪街闹元宵

126 ‖ 三月街，蜜蜂进进出出的一朵花

128 ‖ 约你去赶三月街

130 ‖ 春耕，三看大理周城开秧门

133 ‖ 苍山心怀亿万幅大理石画

135 ‖ 把蓝天白云穿在身上

137 ‖ 闻名遐迩的下关沱茶

138 ‖ 下关沱茶与婚姻的关系

140 ‖ 喝茶品茶，请来大理

142 ‖ 大理甜蜜事业自白

144 ‖ 掐新娘，一次表达爱的机会

146 ‖ 来大理见过两次绕三灵

148 ‖ 大理白族妹子爱舞霸王鞭

六、自在大理

150 ‖ 来大理品春天

152 ‖ 夏天，苍山遥控着太阳的热度

154 ‖ 夏天的大理适合你避暑

156 ‖ 夏天的大理不只是凉爽世界

157 ‖ 者摩山脚的秋天香气袭人

158 ‖ 初冬，不辜负大理满城阳光

160 ‖ 从洱海东岸返回秋天神气神奇

162 ‖ 黄金时间走黄金路

164 ‖ 在大理等你来过冬

166 ‖ 冬天，你在大理神魂颠倒

168 ‖ 十二月初的大理这样美

170 ‖ 这年下关冬至不像样

172 ‖ 来大理过冬，发现别样的美

173 ‖ 这一天在大理过大寒不冷

七、西洱河峡谷

174 ‖ 西洱河峡谷的自然面容

176 ‖ 去太邑，路过两个热点

177 ‖ 太邑，在大理市辖区内

179 ‖ 赶过太邑街，心回不来

180 ‖ 梦见自己是一条太邑汉子

182 ‖ 金点子

下卷　环绕苍山洱海的地方

一、祥云

187 ‖ 滇西有片流光溢彩的云

189 ‖ 彩云南现，从来就不是传说

191 ‖ 清华洞，滇西第一洞

193 ‖ 祥云有座钟鼓楼

195 ‖ 王家庄，一个吸引人的地方

197 ‖ 红军走过祥云古驿道

199 ‖ 云南驿出过上万名抗日英雄

201 ‖ 地名古怪的地方深藏奥秘

203 ‖ 水目山的一些内在意象

二、宾川

205 ‖ 给鸡足山写诗，笔悬空中

206 ‖ 四千年前的白羊部落

208 ‖ 摆在宾居街上的几件古董

210 ‖ 六七月，龙游宾川

211 ‖ 人生百味，我多一味朱苦拉

213 ‖ 由来已久的宾川恋情

三、弥渡

215 ‖ 南诏铁柱，高举过一方春秋日月

217 ‖ 《小河淌水》的能量

219 ‖ 伸手相牵，就是人间天生桥

221 ‖ 小呀哥，来，我说给你

223 ‖ 去雾本赴一场桃花的浪漫之约

225 ‖ 心怀太极顶山，一身硬气

四、巍山

227 ‖ 魁雄六诏的拱辰楼

229 ‖ 东莲花村 东莲花村的女子

231 ‖ 千年命脉流下来的一滴命脉血

233 ‖ 南诏故都，茶与茶姓人的根

235 ‖ 不是一场鬼使神差的浩荡大雪

237 ‖ 那只叫我穷追不舍的雪狐

五、南涧

239 ‖ 游览南涧土林，最终还是想到你

241 ‖ 冬至，跟春天跑上无量山

242 ‖ 无量山上的宴宾大观

244 ‖ 南涧太极顶山的风竹

246 ‖ 南涧有种好吃的，是阳光月光交融而成的

248 ‖ 公郎，在我年少时就入耳入心

六、剑川

250 ‖ 敬仰剑川高出地面的一种高

252 ‖ 穿越剑川古往今来三千年

254 ‖ 在剑川古城里浮想联翩

256 ‖ 能让匠心之魂入木入石的神工

257 ‖ 各种目光里的沙溪

259 ‖ 剑川有座大理地区最高的山

七、鹤庆

261 ‖ 新华村，小锤打天下

263 ‖ 你去游草海，我做导游

265 ‖ 马耳山藏不住的美丽

267 ‖ 鹤庆有段让人改变观念的金沙江

269 ‖ 高兴一笑，遍山梨花就盛开

271 ‖ 我感情河流里的鹤庆朋友

八、洱源

273 ‖ 我从洱海里看见洱源的一往情深

275 ‖ 洱源温泉从大地心尖流出来

277 ‖ 把阳光月光做成片的洱源

279 ‖ 洱源的世外梨园

281 ‖ 弥苴河，洱海主要的血脉

283 ‖ 洱源有个让心疼爱的地方

285 ‖ 西山民歌：生生不息地吟唱

九、云龙

287 ‖ 云龙那个地方的美

289 ‖ 沘江把一些国宝穿成串

291 ‖ 俯视你眼中口中的云龙太极图

292 ‖ 看着看着就入神的诺邓

294 ‖ 州内有座传奇的桥在云龙

295 ‖ 神写一首唯美小诗的地方

十、永平

296 ‖ 永远安定太平的地方

298 ‖ 站在南丝绸之路上的博南山

300 ‖ 早晓得宝台山早去修心

302 ‖ 曲硐温泉

304 ‖ 有一个地方，我展示一半

306 ‖ 我写永平黄焖鸡跟我宰鸡一样难

十一、漾濞

308 ‖ 漾濞石门关，是神为苍山开的一道门

310 ‖ 日月在云龙桥上晃晃悠悠轮回

312 ‖ 上一世做过太和宫的大王

314 ‖ 苍山背一身映山红迎接你

316 ‖ 上苍山西镇喜鹊窝的意外遇见

318 ‖ 漾濞有琼浆

附　录

323 ‖ 有风花雪月的诗人茶山青

　　　　——读茶山青诗集《大理不止风花雪月》

　　　　　　　　　　　　　　　/ 祝雪侠

328 ‖ 网络留言选录

后　记

来大理见景生情

一、大理恋情

拿天堂来换大理也不换

拿天堂来换也不换，我的大理
白天给一片蓝莹莹的天色
我要，扯给朵朵红霞
我要，东来太阳吻过苍山
把满天星星撒入洱海
造个群星捧月　捧洱海月水晶宫
我要，叫我交出大理
哪怕是一，百万分之一
也不签名，只要还有一口气
我就是大理的一个主人，就做这个主
夏天秋天扯闪电打雷吓不倒我
下瓢泼大雨我不怕
有敞开胸口的洱海兜着
冬天下一场场大雪我不怕
苍山顶着，东方日出
十九峰头戴金冠十八溪快乐不已

大理任何地方都美，美到得意
美到游人着迷
变痴心。众所周知的景点不说
鲜为人知的洱海东南角
拿天堂换大理也不换
这想法产生在这里
一个尚未打开的绿色包裹

我来一层又一层穿越

穿过树林穿过芦苇穿过连环荷塘

惊动住在其中的鸟群

这头飞起，那头翩翩落下

到达绿茵尽头是辽阔的碧蓝海浪

千层万层赶来接驾

挥舞浪花，层出不穷

隔海几十里望见蓝宝石一样的苍山

巅峰弹起来的棉絮云朵

更像翩然起舞的仙鹤

山下洱海西南、西北方海市蜃楼

沿岸返程走出绿荫

夜入流光溢彩的下关风城、大理古城

2024年2月2日

在远方，大声介绍我来自大理

有自知之明，就改变自己
出州出省，以诗一样的大理状态
优秀地出现在远方
大声介绍来自大理
血脉里奔腾着南诏蒙氏流传的激情

内心有苍山，挺胸，挺直硬朗的腰身
抬头，抬起峻峭的头颅
有洱海，三百里碧波坦坦荡荡
有十二县市山山水水的风光
带给远方美滋滋的感觉
内心不只有白族风情，还有
汉族彝族回族苗族傈僳族
有不凋谢的五朵金花，还有小河淌水
演唱起来，多姿多彩，韵味无穷
所达远方，耳目一新
内心有大理一片历史星空
在陌生地方走夜路
毫无顾忌，王复生、王德三
张伯简、施滉、施介
赵醒吾、王孝达、徐克家、赵琴仙、周保中
颗颗星星，心上闪亮
遇上险阻，清醒的节骨眼
会冲出一股英雄气，勇往直前

内心有大理的当代星空

王希季、白以龙、宋文骢、张丽珠

晓雪、张长、那家伦

李鉴尧、李鉴钊、杨丽萍

"两弹一星"功勋王希季

突破百岁，是寿星，是巨星

祥云生长的白以龙

腾空，力学专家，硕大一颗星

中国"歼—10"战斗机总设计师宋文骢

2009年"感动中国"人物

中国大陆首例试管婴儿缔造者张丽珠

"送子观音"转世送子

人间香火，条条脉络延续

内心有大理的历史星空当代星空

何时何地，心都亮堂

作客远方，自带满身光芒

五湖四海以人杰为荣

从内心掏出一个个光辉的名字来

场面上有人抓拍照片

上网，会看见自己一脸光彩洋溢

远方远，告诫自己，大理星空

深远处，有南诏国大理国星星不黯淡

近一点，还有张耀曾、杨杰

再近一点，还有上将朱启

2024年5月22日

有爱，想深爱，来大理

有爱，想深爱一生
就带亲爱的来大理
去流传经典爱情的地方取经

大理遍地有美丽的诗
天然的，滴下的汗，滴下的泪，
滴下的血生长起来的
表现奇观的史诗
内容都是典型人物典型爱情
来驻足于苍山洱海一角
举行山盟海誓
感觉爱的起点壮丽
取古典爱情现代爱情的真经
让爱深入灵魂
如此最好，不负生命
风花雪月的浪漫
上升至情有独钟的高度
奠定大理石的基础
好在将来苦甜日子里
有新生精彩绝伦
就有自己跟爱人的精彩演绎

来，赏大美风光
从中吸收爱的美丽内涵

看三百里洱海

认识大理一种独有的高原情怀

叫宽容，亮汪汪的海面

容纳一大片蓝天

内含苍山坚定不移的影子

若自带慧眼

就可看见阳光下一些海水轻盈起来

成为水汽爬上苍山之巅

聚成朵朵白云

去罗荃半岛远看苍山望夫云

近看洱海石螺子

去蝴蝶泉看泉看蝴蝶

深刻领会千年古典爱情

命大在于坚贞

上苍山下洱海进古城

进田园白族村

去三月街大青树下

不止眼前浮现阿鹏找金花的情景

还听到五朵金花的女儿们

延续绵绵不绝的爱情故事

还想取更多的经典

乘下关风去苍山洱海周边

看水目山的鸳鸯树

几百年来谁也不放过谁

看小河淌水的密祉
听姑娘的情歌感动世界
上鸡足山金顶
看双双对对的痴男情女
来许愿，来还愿　络绎不绝
去剑川石宝山
看对歌的俊男俏女
唱着唱着唱到一起不离不弃

离开大理留个存根好
留在南诏风情岛，留在双廊
留在罗荃半岛
或金梭岛或理想邦
蝴蝶泉边情人湖畔
双双写下誓言签上姓名
放入白族姑娘做好的荷包里
那是心形的　象征
男一个，女一个
拴在一起，永结同心
挂到大青树高枝上
跟千千万万红荷包一样
高高在上接受风风雨雨的洗礼

2022年5月8日

大理遍地都是美丽的诗

喜欢写诗，就来大理

我乘下关风去迎接你

下关风是诗

有声有色，有豪气激情

风跑过的地方请放宽视野

三百里洱海诗潮滚滚

上关花开，花的诗潮弥漫

大理古城，站在花的诗潮欢迎你

风吹花的诗潮，一片一片是诗的浪花

飞落苍山，飞落田园

铺成诗句描绘的花团锦簇

苍山十九峰是洱海里站起来的诗

三千米四千米，秀色可餐

巅峰的白雪公主舞云弄诗

十八条溪流，奔流出长句短句

苍山内心是诗的世界

唯美意境活在大理石的画册里

南诏风情岛上堆满洱海诗句

随手捡一只海螺

吹出洱海月的情诗　洗心的诗

诗的大理有画，画的大理有诗
你来，梦想伸手卷起带走
梦醒　你留在遍地是美丽的大理诗句
大理古塔古城古街古楼古院落
古体的诗群，海纳新内容
诗里流动着现代人的五彩生活
你冬向太阳夏坐绿荫
卖玫瑰酒桂花酒卖醉人的诗
卖苍山茶卖鲜花饼卖芳香的诗
大理最美的花是金花
有空就叫我跟你去采金花诗句

2018年10月27日

生活在一条笑嘻嘻的鱼尾纹里

生活在滇西的一条缝隙里

是高原一条笑嘻嘻的鱼尾纹

起伏的苍山十九峰

是扬起来的一道眉峰

碧波荡漾的洱海

是眉峰下一汪眼眸

其中你我越来越喜欢冬天

寒冬滴水成冰，远在北方

近在苍山之巅

山下罕见，几年不遇

没风没云还热

有风的日子比较凉快点

像北方的春天

这样的日子舒适安逸

白天没苍蝇闹腾

夜晚没蚊子念着经叮人

可以放心安然入梦

这种日子出游爽

妹妹你放心大胆地走

没毒蛇害虫偷袭

虽说有树落叶有草枯黄

大量绿树还在

有花：冬樱，山茶，红梅

火凤凰一样的刺桐
有红的紫的黄的菊
是名副其实的四季如春

亲爱的，生活在这样的地方
别说你我大家美
其中万物也暖洋洋喜洋洋

2021年1月10日

来大理风光里活出新的自己

滇西一角抬头是龙抬头
人流都冲着大理风光来
包括失恋的大考落榜的
失业的丢面子的
扛不住日子如山座座压来的
带着沉痛的忧伤
还有想看看大理的夙愿
就遁入静美制造下落不明
结果到处是游客
是舍不得污染的秀丽景点
忍不住再看一眼
亲爱的，就是这一眼
心病疗愈命运改变
放下过去，活出一个新的自己

下关风中醒来的出下关
背景永远是扛白云白雪的苍山
走，扛起明天挑战来年
大理古城遇上合作的
接起资金链条，绝处逢生
失恋的游过凤阳邑
游红龙井游喜洲游蝴蝶泉
去磻溪"小镰仓"S湾
走着感受洱海呼吸，看海鸟飞翔

夜里站着看洱海月
躺着看星星，客栈躺椅上看
看没见过的朗朗星空
想着家住大城市三十层楼上
没一夜看清星星
只有出不去的华灯海洋
临了终去登南诏风情岛
回眸双廊，在有爱追随中复生

2023年2月21日

活在大理活过百年还想活

迁居大理的，土生土长的

活在苍山洱海之间

活着活着活出一种念想

明知是痴心妄想

还是砍不断的西洱河

流水响（想）啊响（想）

活在大理活过百年还想活

不活出苍山出类拔萃

率领大理十万大山

活出高大气质

不活出洱海三百里格局

活出青出于蓝的灵魂

蓝是大理的主色

天蓝洱海蓝远山蓝

扎染一匹匹蓝

著名的风花雪月

红日白云绿树是点缀

四千米山巅来水

十八条都跟清碧溪一样

天天亲近太阳

滴滴饱含日光分子

饮，养颜添阳气

再活一百年，多的不奢望

亲爱的，广告天下
这不是贪色贪生怕死
传说天堂好
我飞上去观察过
比不过大理
夏天不热冬天不冷
地气空气氧气
回荡着大理蓝色的魂
送过九十岁百十岁长者
看过其遗像
其眼睛亮亮的，有不舍的眷恋

2021年11月10日

苍山的灵魂美上天

曾经轻轻问过你

洱海边的城镇村庄有冷雨

苍山为何一夜就白头

你说雪落高山

我说不是不是真不是

应该是急白的

是怕冷雨冷着热血的人群

冷雨苍山挡不住，入冬

下不下一场场冷雨

是天的事不是地的事，天太大

怕又怕冬天下冷雨

又刮西来的风

洱海西边的大地

才在峥嵘岁月中拼命崛起

三百米三千米不行

就一峰接一峰向四千米上升

只因南头有地界

者摩山也有理

如果不留一条缝隙太危险

洱海夏天水上涨

周边城镇和村庄就被淹没

还是留条地缝好

让过多的水从西边出行

亲爱的，正是这个原因
留着西洱河大峡谷
谷内那口气，冲着下关来

2022年1月3日

洱海，给我们生活万千念想

初见洱海，一片蓝天
掉进大半个大理坝子里
来下关念书的你我
念明白女娲补天
女娲抓这片蓝天，纯属来不及
苍山来水，洱源来水
已经涵养这片蓝天
女娲随之掉下一滴心甘情愿的泪
蓝色，跟这片蓝天
注定是湛蓝的轻波细浪
就是洱海灵魂永不脱离的主色

再见洱海，金波银浪
弥漫大半个大理坝子
朝霞，晚霞，阳光，月光
常给洱海添光加彩
霞光下，阳光下
波浪就是铺满海面的金锭
月亮高照，月亮潜水
波浪就是铺满海面的银锭
来度蜜月的你我
游出车水马龙路段
望见白头芦苇表白心头的愁

又见洱海，美丽如初
养心，养大理美色

照日，照月，照苍山雪
照人，照心，照飞鸟
来下关定居的你我
参加了一场爱护洱海的活动
大理洱源宾川行动着
围绕洱海的四面八方行动着
把千里山河收拾清洁
让流入洱海的滴滴流水变得干净
让洱海呼吸的空气变得干净
蓝色灵魂继续回荡
继续涵养大理美，涵养大家美

亲爱的，洱海给我们生活念想
不是一不是二，是万千
你我看不尽多姿多彩
有万千比喻，万千形容
我用一段生命来写洱海
就抓取蓝色灵魂放进诗里
让诗句，鲜活可爱起来

2019年12月17日

明天去看洱海，轻轻说给你

今夜来下关，明天去看洱海
团山下你找不到情人湖
那是洱海的一对定情耳环
戴过几十万年
跟随阳光月光天晴天阴
是金耳环、银耳环
前些年已经遗失在岁月里

还是来苍山下湿地公园
这里海边有垂柳
垂柳的春情旺盛着呢
尽管现在是霜降时节
霜，只降落在芦苇头上
苍山飞雪，飞来
也只落在芦苇荡里的芦苇头上
芦苇一夜白了头
我看与你有关，等你太久
芦苇也急，急白了头
芦苇荡里情事多
许多种水鸟出入隐藏
谈情说爱，产蛋……
湿地公园两个地方你必去
那是看洱海月的地方
有情人拍照的地方

万年万千个月亮落入洱海

情到深处的男人

下手抄一轮洱海月戴在爱人手指上

你去遇上风浪大

唱一首情歌或吟咏一首情诗

洱海就会平静下来

若是我求你有应

我也抄一轮洱海月戴给你

2020年10月25日

来洱海的花环里游一圈

洱海的周边四季花开烂漫

来环海游一圈

感觉就是游过洱海佩戴的一个花环

大理最美的花环戴在洱海心口上

跟大理城里一些姑娘不一样

头戴鲜艳花环美

这种风情不仅春天这样

夏天秋天冬天一样

各种鲜花你开我开连续不断

你进洱海公园大门口

就进入周长二百四十里的花环里

往东向着太阳走

左边沿岸杨柳荟萃三角梅红

其他花木红红绿绿

右边团山，花开丛林上

黄的金黄，紫的乌紫

红的火红，蓝的火焰蓝

山下一路左转左转

左边花开在沿海公路边

右边白族村庄依山靠山

山山春秋皆烂漫

村间绿化带内鲜花绽放

村村朵朵金花都漂亮

喊一声，风花雪月出现

花美金花美，花花美

花开海东花开挖色

花开双廊画夹，花开江尾

往左大转花开上关

花开蝴蝶泉边花开苍山

花开喜洲，花开海西

花开大理古城古街

花开一卷洱海生态花廊

你从南阳溪畔出来

从洱海花环里走出来

长发不只带着花香

还带着洱海飘荡的波浪

2021年2月21日

来大理采风先采下关风

来大理见识风花雪月
首先扑面而来的是风，下关风
下关是出入滇西的咽喉
内含下关城
城是大理南头的一座城
只因城内风的个性强
就成为出名的风城
平常日子风车广场风平常
城内某些路口不平常
西洱河桥北边更是不同凡响

城市春天小区里，西大街口
风是助推快走的手
兴盛桥北边桥上桥下风出色
抢入镜头拍进婚纱照
是缕缕激情飘荡的长发
鼓荡的婚纱
白的，红的，黑的
在西洱河蓝色的背景上
北岸沿河下游的风
是招手的花，点头微笑的花
也是柳条舞动的千丝万缕
泰安桥北的风入冬行为太疯
是一个劲摇头晃脑的行道树

仿佛在得意地提示你

胆大就上艺墅花乡大楼住

风是窗外的虎窗外的龙

昼夜听风虎啸龙吟

西洱河下游美登桥黑龙桥龙溪桥

说话大口马牙

就是风的替身　腾飞的气球

出下关往大理古城走

遇到的风缓和洁白

是姑娘包头左侧的白丝绦

长长地垂在胸前轻轻地飘荡

2021年3月22日

大理花美，群芳里金花最美

大理的美色七彩斑斓

跟天上时不时出现的七彩祥云一样

绿是山地田园的底色

苍山十九峰十八溪流溢下来的

谁来谁获鲜活生机

蓝是洱海蓝，天上掉下来的

谁来谁的心胸豁然开朗

风花雪月里花儿多姿多彩

花开在条条绿色的波纹里

大理鲜花天天开

你不开，我开，她开，络绎不绝

大理鲜花之源在上关

自古下关风吹上关花

从前赏花一个个跑上关

有人魂落花海，如今来跟我走

从高速路来，下关出口下

大理的门户下关风车广场

各种鲜花开在一条条彩带内

迎风扬起张张迎客笑脸

再跟我走一趟茶花谷

见过茶花谷花美人美魂还在

来南阳溪入海口上洱海路

见金花手上撒出来的万紫千红

沿洱海西岸一路铺展开来

就是二十里花团锦簇

铺向才村还往延长线上继续

上大理古城条条街巷里

若还看不够，再走

向喜州向蝴蝶泉向上关挺进

尽兴，就围绕洱海找金花

金花，影视剧里美得名扬天下

代表有杨丽坤、杨丽萍

大理金花比原野上的鲜花美

找个什么样的，都有，深入各地

2021年3月23日

在大理抬头盼望来一场大雪

只要老天放手撒一把雪花银

人间就是玉树琼阁

遍野铺的堆的都是洁白的

这些年我在大理过冬

过小寒大寒节令

宁愿冷一点冷一点再冷一点

也抬头盼望老天放手

发放一把雪花银

让树林庄稼和不死的草有积蓄

过日子心头滋润

过春节有钱花

向日益热情的太阳一次次支付

换上红红绿绿的新衣

在春阳里追随春风美丽飘逸

让爱游苍山洱海的你

左来一张合影，右来一张合影

这些年老天拿捏太紧

前些年还在苍山顶上存放一点

今年还没有

已经让人冷了好几天

腊月头天降了温

昨天前天又是降温

明天就是大寒

还不见老天发放一点雪花银

亲爱的，你想想是不是老天偏心
是越来越小气，大气都不吭

2021年1月19日

下关风里的一片草坪

四十七年前的近山，远山
不住佛不住神的，草木几乎全军覆没
千百年来人们用草木盖房避雨
烧火做饭，养猪养牛羊……
都伸手向山上抓，把草木抓得稀稀疏疏
那时城里还没美化观念，扯不上绿化带
西洱河边的风城下关
就仅仅是文化宫里的一片草坪

这片草坪一九七四年有故事
每逢星期天，只要不下雨，太阳当顶
就有一二十人来这里坐坐
下关风小风大影响不着
年纪小的十七八，大的二十七八
都带稿子来讨论、修改
文字，有沾着机油的，沾着泥土的
其中一个穿师范学校的校服
写的诗句，带着学生腔
他们后来走出草坪，都走出新模样
有的成了大学教授
有的成了作家，有的成了诗人
都是国家的栋梁之材
大家的初心，是在草坪上做同一个梦
大家的心血

滴入方格子的稿纸上鲜活起来
成为省级、国家级报刊文学

这群人念一个著名作家的好
叫他老师，个个修得正果都跟他相关
是他一腔热血
洒向这片草坪
洒进一颗颗跃跃欲试的心
洒向他耕耘的文学园地
他拎起敢为人先的胆，做想做的事
左手，开创文学报《洱海》，茅盾题写的报头
右手，开创文学期刊《洱海朝霞》
他让一个个作家的梦在此起飞
他，那家伦，白族，高个子
戴高光眼镜

2021年11月5日

苍山雪，横空百里

风花雪月，大理风光四绝
见过下关风上关花
抬头低头看
又见苍山雪洱海月
苍山十八溪水涵养洱海月

你看苍山雪，我看洱海月
看过三千三百六十天
你我终于看明白
冬天的夜晚，苍山下雪
洱海月瘦下去
月越瘦，苍山雪越大
没有月牙的冬夜
苍山巅峰满头都是雪
月圆于夏夜秋夜
不见苍山之巅积雪
苍山雪，全被洱海月收回

亲爱的，每年苍山都下雪
天晴都跑海东去
看苍山连绵十九峰积雪
拍横空出世苍山雪
看朋友圈里　她
跟驴友爬上苍山顶

拍下站着躺着的苍山雪

拍下树桩上的雪

是寒风中横空亮出的一把把剑

2021年3月24日

清明，苍山负雪表白

春天都过去大半了
夏天就在眼前
名叫大理的一州地域内
离天最近的苍山
清明时节一身负雪
成了大理罕见的奇迹

莫非天性之灵，直达人间
开启一场传统的清明祭祀
给病逝的遇难的
大灾里为别人拼掉性命的
苍山上千树万树
戴上来自天上的白花表示悲悯
我的父亲我的母亲在哪里
天光扫过世上天知道
儿知道，大地知道
埋在祥云的高山红土里
不散的神气魂
回旋在儿的心灵深处
时不时针扎心疼的一个地方

我心疼父亲母亲
父亲年少时受一个女老师的影响
她的教导，父亲听进去了

出来是打鬼子的雷

改天换地雷厉风行的闪电

跟共产党人拼来好日子

没命好好享受过一天

我心疼我的母亲

先是提心吊胆过日子

后就死在修复山河的艰苦岁月里

2022年4月2日

洱海月，交相辉映天上月

上一轮皓月，在青天当空
水色浓到欲滴
下一轮皎月
在碧水中交相辉映
上一轮皓月有广寒宫
让我遐思
下一轮皎月有水晶宫
让我神往
客从远方来，抬头低头见月
疑是孪生姊妹
疑是水中月亮跑上天堂
疑是天上月亮入水里
跑大理州大约三万平方公里
苍山洱海之外
见的圆月都是在万里晴天上

亲爱的，每一个农历十五
这里圆月有两个
天上一个，三百里的水域有一个
水中圆月洱海月
历来有一个亮堂堂的名
月圆之夜你来看海面
三百里波光粼粼
疑是海上摆满亮晃晃的银锭

那年你我欣赏洱海月

东方月出水灵灵

你说洱海月反映到天上

我伸手入洱海

你说别捞鱼摸虾

我说抄一轮圆月给你

万年深深洱海水

收藏亿万个天上白玉一样的月

总有一轮适合你戴在洁白的手腕上

2021年3月25日

那一抱，抱住一轮洱海圆月

洱海边，洱海月景点
那场突然袭来的雨
叫游人跟惊动的飞鸟一样逃离
四处找地方躲避
初恋中一直保持间隔的你
忘记羞怕，丢开距离
迅速来了第一次亲密贴近
让我趁机下手
是水到渠成得心应手
我左手搂抱小腰，由松到紧
让你顺其自然
也伸出右手搂抱着我的腰身跑
林间花径，你我的爱情飞跃
我脱下外衣
顶住你我头上的雨
我的右手，你的左手
共同举起一面爱就大胆爱的旗帜

亲爱的，你我有第一次搂抱
就有接二连三的搂抱
就有今生都不放过的结局
就有梦中爱神告诉我
幸福感恩，要谢就谢那场雨
让爱出场，让情飞跃

就有梦中海神一次性揭底
咱俩第一次搂抱
非同一般，那一抱
抱住了飞落怀中的一轮洱海月

亲爱的，你我至今揣着明白
那天以前，你花不开放
你我走拢一百次
我都有一百次搂抱的冲动
就是不敢开口
更不敢下手
因为每次靠近摩擦试探
你都会像小鸟一样惊慌紧张逃避

2019年9月19日

满身溪流奔腾，内心是海澎湃

喝苍山水洱海水长大的兄长

浑身有溪流，内心有片海

大理马久邑那家伦

下关七五村张焰铎

喜洲张锡禄、大理古城彭怀仁

上鸡邑村杨腾霄

来下关读书遇到他们

茶喝不凉酒喝不淡

现在他们驱动八十个年轮

过日月过春夏秋冬

全身上下每一条溪流

心内的一片大海

奔腾的还在继续奔腾

澎湃的还在澎湃

昨天张焰铎约几兄弟聚会

捧出心海一轮彩月

彩月不邀　春也来　一片春天

焰铎兄写大人读娃娃读的书

小说被改编被搬上银幕

叫《彩月和她的情人》

《羊泪》呢，小朋友一读就会哭

这样一个大家

每次相见都是满面春风

还一直关注老弟成长

老弟每在朋友圈发首小诗

他都读都点赞

时不时抓个细节刮刮风

他点点滴滴我看透

爱如溪流不绝

爱如大海一样深阔

感受滋润的人，不仅仅我一个

2021年6月18日

翻开风花雪月的封面

来大理，进入大理的古城街道
进入三月街、三塔
进入崇圣寺内、进入喜州
眼光敏锐深远的你我
会发现见识过的风花雪月
只是一个表面
一个美丽大理千年的封面
进入就遇见一部千年经典大著

自己跟来来往往各地游人
跟活在当下活出时代风采的当地人
都是历史风骨里
新鲜活力的骨髓或历史渊源脉络里
新鲜血液的流淌
古典建筑古典街道古色古香
都是艺术瑰宝匠人的智慧
唐诗宋词元曲明清小说的意境
藏在风花雪月的封面内
三塔鼎立支撑的历史天空下
千年赶一街，一街赶千年
年年三月顺风都在赶
再现千年发展壮大的买卖
从前赶马人找金花
剑川阿鹏找金花

现在外来小伙子找金花
是各代找各代的金花　代代找金花

金花穿白衬衫红金绒褂子白裤子
绣花鞋，戴风花雪月包头
赶街约你走，子日尼奔啦①
金花的釉色光亮　大缸会出彩
把扎满心事的白天放进去
抽出来的不是蓝天白云
就是红色朝霞迎风招展
金花的牛奶做成片
片片是金色的扇
金花迎宾打霸王鞭，敬三道茶
让你让我品　意味深长
金花煮砂锅鱼沙坝鱼海稍鱼
鱼是亲吻过洱海月的鱼
金花做传统八大碗
上酒上自酿的桂花酒、雕梅酒

2021年3月29日

---

① 子日尼奔啦，白语，意为要串街的，走了。

二、洱海西北岸

双脚跨在西洱河上的兴盛桥

几年里走过去走过来

不知走了多少趟，敞亮的桥东

除了天光，还有波光

我看事物可以入木三分

不出国就在欧式风情里

西洱河上的兴盛桥

情侣拍照游人行摄都理想

不止建筑风格出众

地理位置也在河流上游

横跨洱海出水口

情侣抚栏向东倚栏向西

蓝天白云，蓝水晶一样的洱海

波光粼粼，不放眼前

就做背景，有鸳鸯

黑鸭、麻鸭、黄鸦、白鹭

冬还有起起落落的鸥群

风景里的郎帅气

西装革履，穿洁白婚纱的女子

紫红长裙的女子

不顾风吹长发风掀裙摆

下桥续拍　窃喜

在北岸在桥东桥西

又拍出一些塞纳河畔的新感觉

夜里更迷你，咕咚跳河

溅起五光十色

宏大的拱形桥孔　笔直的桥面

桥边栏板桥柱也五光十色

是桥上光彩流向河面

亲爱的你看你说

还是河面光彩反映到大桥身上

2023年1月20日

苍山佛顶峰下凤阳邑

往北上苍山佛顶峰下的凤阳邑

脚下生不生风都快

下关风吹着脊背一股直劲送行

凤阳邑的房子墙体沉重

大理三宝中一宝，石头砌墙不倒

都是天然石顺其自然堆砌

圆的椭圆的七尖八角的大结合

少见多怪　土墙也很宽厚

前人住在里面冬暖夏凉不怕野火

诗人见洱海月沉睡在墙壁上

满的圆月缺的月牙　苍白

游客直观地看到海螺遗骨暴露于墙面

两边大树房子夹着古道

路心的引马石引现代人走走还行

不修边幅毛石硌脚不行

马还在走，不再驮茶进藏

游客骑着马，赶马人牵着马

两边店铺还卖扎染

还有喝热气腾腾烤茶的院落

行至从前马帮开稍处 ①

姓董的汉子看得见歇脚骡马吹着响鼻

埋头吃草料，尾巴甩来甩去

赶马人采买物品打牙祭

---

① 开稍处：马帮用语，指歇下来做饭开饭的地方。

吃赶马鸡，石头搭灶，草帽做锅盖
十来岁的姑娘挑水有人喊
老太。不是叫姨老太就是叫姑老太
观音井不是深深的竖井
装的不是碟子大的天，是石坎下一池龙水
龙龛不供龙王供观音
姓王的女孩催娘快走，这地方破旧
娘说乖乖，妈妈还舍不得走
这里有历史感的东西，黄金难求

2023年1月18日

观音塘前有一块阻兵大石头

来大理碰上一块大石头
也许就碰上一个经典传说
这两天我就遇石挡道
绕道不行，一个二个不饶
非得让我搬进诗里
你看才搬洱海石螺子
现在又有从前阻兵的大石头

背水牛大的小山我见过
从前村妇们都背
那是背松毛背茅草
老妪背水牛大的石头阻兵
那石头我从前见过
就在从下关去大理途中
传说强敌压境
即将国破家亡
紧急关头出现白发老妪
身背水牛大的石头
来犯之敌吓得停住脚
想，这个地方如此了得
白发老妪都这样
年轻人皆能气冲山河
老妪上前放下石头放下话
我那些孩儿就在前面

早等着来兵去做客
地面响雷轰轰隆隆而过
来敌一哄而散跑
亲爱的，老妪是谁
观音，负石阻兵保一方太平

2022年3月24日

寂照庵，内容一个大世界

上网见网红惹眼醒目
大理有个中国最美尼姑庵
入庵见大半九州
来里边，不是菩萨显灵
小天地装大世界
不见红红香火缕缕云烟
做神秘面纱缭绕于菩萨面前

来人冬坐向南走廊阳光内
夏坐凉爽里
看书，赏花，喝禅茶
赏花的拍摄喜爱的
拍摆放如诗悬吊如画的花草
样样灵动样样光鲜
吊兰虎头兰灯笼花肉肉植物
四季拈着春天红红绿绿
午餐就吃一回素
二十元的菜带白米饭
菜是园上六色新鲜五味芳香

出庵开窍目光深远
东向洱海那边是山还是山
南向北向是山是山
西向，翻过苍山还是山

山山重围都不是寂照庵的障碍

苍山高大遮太阳

再高那峰也只能发威于晚上

松柏密林遮天日

也无奈一束阳光射入庵堂

来的靓女帅哥不图菩萨保佑

节假日来图清静

宽一回心装一院清秀的春天

2023年2月14日

苍山玉带云内玉带路

立夏一来，洱海东方
打坐的山抬头见一条白绸缎带
围绕苍山腰间
见神造的云路有仙过往
拍婚纱照的双双对对庆幸
背景有苍山玉带云
感觉美妙幸福
迁居下关的你好奇
非要上去见识见识　感受感受

苍山清碧溪蜿蜒而下
早上八九点你逆流盘旋而上
山腰真有玉带路蜿蜒于林间
云絮飘飘扑面而来
周边树冠忽隐忽现
偶有阳光穿过云雾射来
直射身上　直射飞禽走兽宣传牌
突然好运从天而降
羽毛宛如彩云满身的飞禽
拖着斑斓长尾滑翔
你不知道奇鸟从何处飞来
疑是从宣传牌上腾飞出来
累了坐在一团绿荫之下
心内还有万顷松涛澎湃

北至黑龙溪畔进此处唯一小店就餐

喝白酒吃山茅野菜

再上路，想人生之路如此

愿意一直走下去

右是望不见山巅的苍翠

左是满坡滚下洱海的滔滔碧波

2023年2月16日

七龙女池藏在一峰一溪间

横空百里的十九峰，亲爱的
高大不一，状态不一
却都是一个共同体一个山名一条心线
不给闪电可钻空隙
都一起当洱海屏风雷打不动
十九峰内出十八溪
七龙女池藏在其中一峰一溪间
百闻不如身临其境
你不上马龙峰不入黑龙溪涧不行

路过清碧溪你喝一口水
神清气爽眼明起来
再上玉带路向北横穿九里密林
入涧自下而上
看见七龙女池泄露秘密
明白初心真情。她们是洱海龙女
跑上苍山最高峰马龙峰不再返回
她们不是贪恋美景
是怕洱海有朝一日干涸
不再内含碧玉
就接二连三留在黑龙溪涧
自上而下一条心
纵向洱海日日夜夜跳荡
吮黑龙雪乳，口吐朵朵莲花圣水

2023年2月8日

巅峰捧起一个天湖给你

来大理上两次苍山

是一种完美人生的明智壮举

上去增大气豪气灵气

上，别恐高退缩

有我陪伴有我借胆给你

上玉局峰龙泉峰交点

巅峰捧起一个天湖来献给你

世界上规格最高的湖

海拔四千米，只差八十米

是天鹅不愿弄脏的湖

天湖俗名洗马潭

传说忽必烈在此驻兵洗马

是古人灌溉田地打造的一个湖

灵机让你很明白

凡间马群上不去也下不去

十八溪水何愁灌溉呢

信只信天湖洗天龙、洗天马

天龙天马吞吐天水

见湖上云雾就见隐形龙马幻影

冬春里雪后上苍山

都去感通寺借神力借通透灵感

再起飞凌空而上

沿山坡沿悬崖峭壁上去

有云雾飞来迎接

你会感觉轻灵如燕

云雾不完全埋没苍山面目

会见从青松头上过

夏之初从朵朵黄杜鹃头上过

到目的地你一惊一乍

会惊跑艺术细胞

看不出上天铺下巨幅水彩画

只会惊呼妈呀

我的天掉下一片蓝天来

春天没走还在

满山坡杜鹃花都偷看湖中的自己

我们冬天上去

见得到北国一样的冰雪世界

天湖是一个冰湖

四周冷杉高山杜鹃灌木林

都是玉树临风

让你疑是忽然踏入天堂月亮宫里

2022年3月26日

这一天，春天在这里全睁亮眼睛

2019年3月9日是大理大学校园开放日，入园参观，观看各民族女子表演，心生灵感。

——题记

茶花、桃花、梨花、玉兰花

樱花、马缨花

花花里出来的女子，叫女人花

带着这种那种花容

这种那种花香

比花多一种灵性

会谈笑风生能歌善舞

会表现千姿百态

表达万千风情

还在悠悠岁月里流芳，流光溢彩

这一天，一朵朵

纷纷来这里

叫春天全睁亮眼睛

叫相机手机

抢镜头，抢喜爱的美丽风景

这里的苍天睁亮了大眼睛

蓝莹莹的

其中瞳孔是金太阳

暖和和的

雪里的苍山睁亮眼睛

激动的泪水

淌成十八条欢腾碧溪

洱海睁亮眼睛

水汪汪的

神经敏感的万千树木

睁亮的眼睛

在枝头绿叶上闪耀光芒

喜洋洋的

亲爱的，今天你来

百花丛中一朵花

叫万千游人睁亮眼睛

盯着你不放的

是我放电的眼睛，面向我

开放　笑盈盈的是你

2019年3月10日

追着三岁小精灵跑进山水间

大理有个美好去处

过去没有，前些年才涌现

在苍山脚下之东

洱海之西，离古城不远

在景观大道西边

三年前小精灵下车往那儿跑

向爷爷奶奶喊有个景区

要进去看看风景

三岁还不到一点的小人人

认得景区认得风景

不奇怪，我明白

有什么样妈会有什么样娃

出世五个月妈带着跑

二十几天游四省

云南广西湖南贵州

接下来一休假就带着跑

跑过陕西福建江西

跑过越南泰国

跑到快满三岁的小精灵

看出大理古城附近一个景点

已经是自然而然

况且常坐往来公交车常见

追着小精灵进去的山水间
是诗画聚一起的世界
绿荫覆盖溪水庭院亭台
天空射进去阳光
腾飞出来鸟语与清泉淙淙
里边的人住在海子的诗里
背靠苍山面向洱海
不仅春暖花开樱花烂漫
且四季奇花异草常开常现
其中有人若是文曲星
抓一把上宣纸便是画
放一把进网络是有灵气的诗
哪怕是樱花已谢的四月
落花流水也流光溢彩

2021年9月1日

大理古城，目光反复扫过

大理古城，目光反复扫过
九街十八巷，可以一步一步丈量完
长青苔的城墙包罗万象
喊出名气的洋人街
蓝眼睛三五个一群，七八个一伙
冬向太阳，夏坐阴凉
喝朱苦拉咖啡喝大理啤酒
叽里呱啦品苍山洱海风光
横穿五华楼的主街
或一条由东向西阳光同行的人民路
热闹得喜气洋洋的红龙井
五湖四海来人，天天都熙熙攘攘

上雪人峰目光倾泻而下
扫过的古城，是沐英摆下的一盘棋
在羊苴咩城遗址一边
看得出，下棋点兵点将

心有历史深处的影像
曾经的南诏国大理国
无数次发出的声音
无数次抵达广西抵达大渡河
抵达越南、缅甸、老挝
叫那些山山水水闻风起立、坐下

回神入城目光反复扫

扫过活到今天的古城

还是有遗漏地方，建筑风格

如一幅幅古画一首首古诗

体现明月清风的雅俗

最自在的当地当代人养花

当下游人来来往往

来，冲着名气冲着古城美来

形形色色，万紫千红

目光扫不过的是四合院

走马转角楼雕花格子门

像一部部章回体小说精细入微的细节

2023年2月26日

红龙井

大理古城，背靠苍山

面向洱海，大气明理

走遍古城，最美的街

不在玉洱路，不在洋人街

在百游不厌的红龙井

亲爱的，你来，我们携手

东进西出，西进东出

不步入古色古香的商铺里

就不脱离绿荫、花朵、美女

东进，从圆月门进

迎面撞上苍山的琼浆玉液奔波而来

这是苍山魂，向往洱海

人歇息，它从来不歇息

日日夜夜从街心流淌穿行

亲爱的，你乘兴而来

从左边或右边逆行向上走

两边有人间好东西

金银珠宝玉器，霓裳羽衣

新鲜玫瑰花做新鲜花饼

有神仙姐姐桃花酒

美味佳肴小吃店大饭庄

有酒吧，有客栈院落

院里紫红的三角梅感情丰富

远远听见脚步声

就出墙张望你张望我
有静静听歌的好去处
你来，我在玉白菜亭子等你
反复听玉白菜的故事
听苍山来魂讲望夫云痴情的故事
任凭时光老去
你若去玉洱路幸会小仙女
我也要把你带来最美红龙井

亲爱的，你来，若不离开
就住进花红柳绿
买卖苍山茶，生儿育女
守护苍山一脉来魂
写诗，写一些人间美诗
南诏古风，大理神韵
现代生活熙来攘往日新月异

2020年5月30日

拿三塔做背景拍个留影

一辈子不来一趟大理

人生哪算完美

来，在五华楼前留影

在大理古城南门前留影

不去三塔是遗憾

那是大理的特色地标

你看中央电视台

时有播放各地天气预报

云南，取景大理三塔

那一画面一出现

人们就知道七彩云南

亲爱的，告诉你

站在主塔前留影

取三塔来做背景

能感觉来过大理

还有深远意义。真的

遇上外来势力压迫屈辱

想起身后三塔

做人，会增加挺直腰杆的骨气

三塔顶天立地千年

从地动山摇中挺过来

从黑云压城城欲摧中挺过来

从电击雷打中挺过来

不是一次两次是成千上万次
做事，立足生存
常看看镇住山川的三塔
会悟出会遵循三足鼎立的规律

2022年3月8日

湾桥，下关风至此也收起野性

见过下关风的强势，在泰安桥北

揪着树头抖来抖去

大力显示不置之死地不快活的野心

见过这狂妄自大的风

往北吹，到达大理湾桥

也收起野性，不扰一院民居的肃静

苍山白云峰下的湾桥，一个白族聚居的镇

周保中①故居周保中纪念馆

就在这里面向洱海

瞻仰的路过的肃然起敬

周保中二月里从另一个世界来

一个春寒料峭的二月

在另一个二月去另一个世界

一个春光万里明媚的二月

这一来二去之间

划过了六十二个春秋

现在人不在魂在

悠悠岁月可以融化血肉之躯

融化不了英雄魂

他生长在苍山脚下的清白世家

国家危难时刻民族需要时刻奋起

冲上东北扑向日寇

---

① 周保中，东北抗日联军主要创始人和东北地区抗日游击战争主要领导人之一。

爆发出苍山赋予的一股坚强之力
看过事迹，看过图片
遗物，还不止于此
入心的周保中，像白云峰一样
自然明白：下关风至此也要屏住呼吸

2024年2月28日

在蝴蝶泉看出一个千古真相

来蝴蝶泉景区
看无底潭看蝴蝶大世界
天堂凤蝶蓝翠凤蝶
种种姿色的蝴蝶
看情人湖水上舞台歌舞表演
看围绕碧水团团转的红红绿绿的花木
看蝴蝶馆的蝴蝶标本
看出一大个千古真相

远在百年以前
几百年以前上千年以前
甚至更远时光
大理千姿百态的美女
最终没去天堂
她们的归宿她们的下落
现在被我看出来
都没离开家乡
都投奔蝴蝶泉来
化作一只只蝴蝶
等到修成正果
脱下蝶衣留在蝴蝶馆
转世到清白人家
再长成一朵朵金花
往来蝴蝶泉的游人
就有络绎不绝的大理美女

2022年2月1日

喜洲，一个笑容满面的地方

名字是喜气洋洋的绿洲

笑嘻嘻的乡镇村落

起始是苍山五台峰伸出的一只手

去洱海里摸碧玉

从水中抽出手来看掌心

没收回去握起来

任飞鸟衔来种子

下关风吹来种子

落下去长成人深马旺的绿草

郁郁葱葱的树林

有的树已长成万古长青的大榕树

过路的白族人走进来

干什么都喜上眉梢

种植养殖五谷丰登六畜兴旺

捕鱼放飞一群鱼鹰

做买卖生意兴隆

大户小户都大胆走出去

笑饮三江五湖四海

育人，接二连三出进士

名上四方街牌坊标榜

起房盖屋院套院

三坊一照壁、四合五天井

雕梁画栋，斗拱重叠

进，迷恋艺术宫

出，还是行走在建筑艺术群里

现在喜洲内外皆大欢喜
开放从前的大厘城
来旅游来经商来采风
在商的言商入史取经
找永昌祥、锡庆祥
复春和、鸿兴源……喜洲帮
摄影的画画的写作的
进出严家大院侯家大院
杨品相豪宅，深深浅浅的巷道
洱海风光，田园风光
画家下笔有神
画柳画青秧就有白鹭飞入画
亲爱的爱跑喜洲
跟一个个外地游客一样
爱吃喜洲破酥粑粑
甜的咸的，买来就吃
坐在石凳子上笑眯眯地趁热吃

2022年12月8日

古生村不老，岁岁逢春

游古生村得慢慢游
不急，别蜻蜓点水　飞过去
看古桥、古寺、古院落
看古戏台、古巷子
得看出其中古名堂
要眼尖，以敏锐的眼光
透过现象去看
表象是常维修常翻新
彩绘刚刚上色
透过现象看见深远处
白发三千丈飞扬
发梢上滚下过上亿个落日

也别受一个古字影响
老拿老眼光去看
两千岁在万年里只是起点
洱海边的古生村
洱海水滋润，活得滋润
海边和水中的古树
岁岁逢春，青春焕发
绿绿的枝条在水面上舞蹈
白鹭活跃于树冠
朝阳村口，自古以来
天天有孩童跑出来看新奇

2022年2月13日

在磻溪

苍山再高，高不过四千一百二十二米
也被洱海边民居客栈遮起头面
游环海西路
在店铺前就这样
只有那朵望夫云遮不住
她活在苍山之巅
每逢夏天的一些日子
就腾空跃起
从海边楼房后边伸出头来
看她看过千年的夫君
是否获得重生
从三百里波浪中释放出来
实现一次团圆
让自己当面倾倒　守望千年的衷情

其实，千年风花雪月
她守望的人已活过十几回
只有她不改初心
等，等，千年等一回
守望中，她守望的人早已出走上千年
这一世是富二代
这个夏天来洱海边避暑
在一对对小哥哥小姐姐中
领着一个俏美人

共蹬一辆双人自行车
漫游在阳光下习习凉风里
来到气象万千的磻溪村
驻足于可心可意的水阁凉亭
忽而面向碧波
忽而背离洱海仰望
不断拥抱合影
就是认不得伸头露面的望夫云
只有干着急的树木
抬头看看望夫云
低头瞧瞧那个早已上岸的郎

2021年6月26日

海有舌，来看洱海舌

海有舌，就在大理洱海
第一次听说
好奇，跑去看
在舌面走过
到舌尖呆望过
望惊动的海水翻滚着大浪奔跑

洱海舌，不是洱海伸出来
是川原伸出来
伸进洱海两三里
让舌尖去舔苍山的影子
舔水里的蓝天白云
去尝有鱼有虾的海味
舔着，就不卷起

只因舌面从来不着海水
鱼虾不上舌面来
海舌不卷起舌头来
只有人来舌面走
纳凉，看海，陶冶性情
除了打雷下雨
大晴天阳光里人来人往
海舌的舌苔厚
不是病态是生态

水杉绿柳花草旺盛

人们在北、在舌尖看海

舌尖三面临水

可以看海最出色最出奇的一面

碧波滚滚入眼入心

心胸收紧的人

来了，心胸豁然开阔起来

心有黑夜的人

来了来了再回去

就会见分晓，开朗十分

2022年3月13日

在洱海北湾发现天堂的画

天堂里悬挂着的一幅水彩画
一夜之间不翼而飞
不久的一个盛夏，我来　发现
画，飘落于洱海北湾
着水，画面上一切活跃起来
想看的，我发定位
罗时江永安江弥苴河入海水域

这辈子替阿大阿母活着
活出他们的心态来
不怕夜黑，心不只有祖传火塘
还亮着他们头上
轮回而来的太阳月亮
怕只怕有脏的地方
那颗容得下洁水三千、净土三千的心
两个瞭望孔见不得一点脏
收拾打扫住房卫生
如果丢着一个地方去睡觉
醒着的心，不清静
心上总有一块不干净地方
家园那水不能洗心那山不能安神
离开再远，远到天涯
也是心不清静，心神不宁

这辈子替阿大阿母活在洱海边
海北湾污水影响过洱海的清秀

因此，心有过一片不清不静的地方
现在已好，该片水域
有人花过心血有人洒下汗水
硬是把水净化至清
形形色色的岛屿沼泽清一色
挺立的小草簇拥着杨柳白杨
水间水杉水竹水秧草
芦苇茭瓜睡莲金鱼藻微齿眼子菜
不长挺水植物、漂浮植物的区域
半是碧水蓝天半是鸟
多的是赤麻鸭，美的是紫水鸡
小的是小白鹭小鹛鹏
不安分的白鹭起起落落
时不时引来苍山云弄峰上的白天鹅
投入郁郁葱葱草木深处
沾不沾水，都是不融化的雪朵
水鸟入水成鱼成大鱼小鱼
鱼望蓝天白云望成鸟
成为水下蓝天白云中的飞鸟

天堂里悬挂的一幅水彩画
飘落洱海北湾水域，不单我发现
游客也发现了，步入其中
拍出照片惊喜发现，做了画中人

2024年2月6日

三、洱海东南方

大理有一条最美行摄热线

来大理留影，别忘记去海东
在那条环海路上
苍山洱海尽收入景框内
早上八九点十点，面向太阳
苍山洱海做背景
苍山不让你感觉自己渺小
洱海让你心胸开阔
苍山时有玉带云
十九峰，峰峰威仪
有时没一丝牵挂，峰峰纯净
洱海波光粼粼
像半海鲤鱼朝你拜你
惹得水鸟起起落落飞扬俯冲
这段时光随便拍都好
你带回去挂起来
没来过大理的会羡慕向往
来过大理的会夸你
认可你真是去过大理
不枉去过大理
因为苍山独特洱海独特
跟其他山海不一样
初春晴天最美
走运遇上苍山向洱海表白
让你见证奇迹
苍山把纯情吐露到头顶

2022年3月7日

适合海誓山盟的地方

岁月深处什么事都发生过

天塌一层或一小点

落哪里都会是奇妙大观

姿色漂亮的大理

就是落到滇西高原头上的皇冠

你来皇冠上

来，走过地方十有八九

没去南诏风情岛

等于没到最美的景点

那是皇冠上的绿宝石

三颗中的一颗，四面环水

水是蓝蓝洱海水

在水天一色中长期隐藏

像诗在心灵深处隐藏一样

它在前些年暴露

水路和环海东路开通，游人涌来

带你从下关坐客轮来

见一个表白爱情的最美的地方

就面对苍山洱海

抓住机会山盟海誓

高高汉白玉阿嵯耶观音见证

见南诏王避暑行宫

胆子放大一回

坐一次龙椅　当一天帝王

让你也当一天娘娘

继续大大方方慷慨一次

苦处挣钱乐处使

带你吃一顿南诏御膳

尝尝南诏王的玉食

饭后携手环岛再走一圈

把游客当宫内的人

把一天从头回味

躺入风平浪静的洱海月光里

你心怀龙飞凤舞

朝阳在海面铺出金光大道

你我牵手踏波去双廊

带着对沙壹母 ① 和奇花异草的想念

2022年3月16日

---

① 沙壹，哀牢山下的渔女。传说她触沉木（龙的化身）而孕，生下十个儿子，
分别成为云南各族的先祖。沙壹也就成为受到彝族、白族等族人崇敬的创世祖母。
南诏风情岛上有与其相关的群雕。

在双廊镇做个自在百姓

放下南诏风情岛　　走
就离开古国霸王住过的地方
上岸进入双廊小镇
就回到民间回归游客人潮

双廊是个三面环山的碧湾
在南诏风情岛对面
像一支玉如意
小镇南北两个世界
南边客栈商铺洋气浪漫
天外飞来欧式小镇
北边玉几岛伸入洱海
很像神仙在的地方
玉波阁内古榕树古院落
宗祠，青庐，玉几庵
先人水师兵营教场
太阳宫，月亮宫，民居
都是玉几岛上的艺术品
最近十几年来为世人所知
引来游客如潮
春节长假，开车来的
从北来从南来
常有车辆远远堵在双廊之外

进入双廊小镇都庆幸

过面朝洱海春暖花开的生活

吃烤虾烤鱼烤乳扇

喝大理啤酒下关沱茶

住客栈坐在窗前

看苍山洱海蓝天海鸥

想双廊镇上的百姓

日子过得自在

在一支自然天成的玉如意上

开个店摆个摊，生活如意

2022年3月17日

海印在我目光所及之处

海有印，印章的印
在我目光所及之处
压在海角上
造型不是圆形大印
是方方正正的小庙堂造型
上下层结构
上层建筑为印把子
下层为印
象征性强，阅历深的人
看出它来自深远岁月
跟锁水阁有所同又有所不同

同是同一个意
都是几百年前共同的思想
管住水镇住水害
控制水兴风作浪
避免水卷土重来冲田冲地
不同的是
锁水阁不是凡夫俗子
也是一个摆设
在江边在河边在海塘边有其位
不谋其事
旱无水管，涝洪水泛滥
自身难保

白享受一世世香火

如今只剩古建筑一个壳

海印光芒不消失

我目光触及洱海印

在洱海一角水中

数千年来三百里蓝蓝海面

大水不干　大浪不起

自成独立风景

在海内一个小岛上

有不同凡响的名字叫小普陀

2022年1月8日

大理的天镜

上天镜阁灵感再现。

——题记

大理之上的一片天
比其他地方的一片片天有福分
福在有对象
其他很多地方都没有
有也灵魂失色
回不到清秀明媚
从对象那里看到心心相印
看到脸上天光神采
或有没有愁云
有没有早上妆晚卸妆
早给心血来潮笑脸一抹霞光
有没有春燕大雁
海鸥白鹭从眼前翩翩飞过

大理之上的一片天
有对象，有福分，还很深
对象清秀明媚
自从盘古开天地
对象就在滇西高原
大理对象有两样

亲爱的，像你像我做对象

活在繁华人间

心心相印相惜互相关照

另一样是明镜

你对镜梳妆我整容

风风光光出门

大理之上一片天的对象是洱海

海面三百里是天镜

白天，照一片蓝天白云

朝夕，照一片红霞

夜里，照当空皓月

晴天你来

抬头是天低头也是天

自己就在天中间

东是水，西也是水

天水同一个蓝颜色

会见欲飞的天镜阁

还远在大理国

就来罗荃岛等着做你的梳妆阁

2022年1月10日

会呼啸的神奇海石

世上有会呼啸的石头
说来稀奇，是今后不灭的传奇
一块有灵的石头就在充满传奇的大理
它不在苍山在洱海
离罗荃半岛不远

天空一片蓝色的白天
苍山玉局峰突然站起一朵白云
洱海就会狂风大作
三百里的海浪就会急得打滚
这块抛头露面的石头
有灵，就呼啸就欲跳出海
它惊鬼惊神地呼啸
声音气势如一万只海螺共鸣

这不是神话，是真有其事

二十世纪七十年代
岸上有人下海炸毁呼啸的石头
干前人没干的事
掀了海石露出水面的头
灭了它呼啸的口
他们自以为英勇排除一害
获得前所未有的清静

却不知是毁了洱海之灵
犯了破坏世界一流奇观的罪
断了一条幸福的后路
试想，如果此石还在
向大千世界开放
天下黄金都会主动跑来
冲着此石来的人
会住下来等神奇机缘
观看海石呼啸的壮观场面

这块会呼啸的海石
像海螺，百姓叫它石螺子

2022年3月21日

罗荃半岛的传奇石有一段刻骨的传奇

来向往已久的大理
给你苍山玉局峰异常的云
腾空而起的一朵云
像美女的白云
有她就有洱海大作的风雨
再给一块呼啸的海石
和一件罗荃寺罗荃法师的袈裟
联想一个故事
你不行，罗荃半岛就行
把那朵云想为南诏阿凤公主
把会呼啸的海石
想为猎人阿龙
想阿凤爱阿龙遭父王阻止
阿凤阿龙私奔于玉局峰
想娇美的阿凤冷
想阿龙偷袈裟给她御寒
想阿龙被罗荃法师打入洱海

想阿凤找阿龙救阿龙
带着观音给的风瓶三个
要去把洱海水吹干
想途经下关不慎打翻两个
由此下关风大不息
一个风瓶的风吹不干洱海水

洱海还是洱海

阿龙还是困在洱海里

想阿凤悲伤死去魂不死

魂化作一朵望夫云

年年出现在苍山玉局峰上

阿龙有灵不死化作一块海石

望夫云一出现

洱海上一有大风大雨

海石就呼啸，呜呜呜呜地呼啸

联想到这个故事的诞生

就让一块石头充满传奇刻骨铭心

此石不俗，不俗是仙骨

成就悲伤凄美故事

有风就会呼啸的海石

呼啸的声音像海螺吹出来的

民间传来传去也传成一个石螺子

2022年3月23日

金梭岛，远古遗留的金梭

这支梭子好大，天下第一大
不知远古哪个神仙来纺织
织下一匹三百里的蓝绸缎
放纵下关风在上面跑
在太阳下月亮下波光粼粼

这支梭子摆在缎面东边一角
般配得不大不小
放在朝阳下夕阳下金光灿烂
日出你上海东山看
日落你上海西苍山看
就是一支金梭子
金色　漂亮，静卧于缎面之上
这支金梭不会人人夸大
如果鲁若迪基路过
他连家乡小凉山都说小
很小，只有拇指大
在外向别人竖起来
我们大理这支金梭不会例外
亲爱的，你抬头看
游人上东边山面向它
爱竖起拇指来
更爱收进取景框里匆匆带走

2020年9月21日

大理海东出现理想邦

想在朋友圈传达真相

抬头向左或向右盘旋而上

或拾级而上

最好像拍婚纱照的靓女帅男

或蜂拥而来行摄

都一步一拍照　步步迷宫

写诗写美文的

尽管个个才华横溢，也表述困难

更多只有望洋兴叹

望曲线形的层层叠叠的洋房

着装浅黄色白色

或躺或坐或立有仙人掌

有多肉植物的山坡

面朝碧蓝洱海、海中金梭岛

海那边大理古城

城后凸起来的苍色苍山

会惊讶得目瞪口呆

半天挤出一声哇！好美

美得妙不可言

现场描写的难求完美

借口留白是空灵

见多识广的朋友喊得贴切

喊出圣托里尼

喊出大理也能看到爱琴海

南诏日月民国风云
爱建寺建庙塑佛捏造鬼神
抢占美景点
近二十年风和日丽
眼光独到的开发商
爱开辟一个个梦幻花园
大理海东理想邦
就是从前没见过的美地方
精品酒店集群
度假公寓，文化商业旅游圈

2023年1月22日

让情人湖在诗里碧波荡漾

沉睡在灵魂谷的情人湖
被女儿一句话提醒
第一次见到情人湖的情景
忽然再现心上
叫我骤然恐惧
害怕哪天一觉睡过去
仅仅存心的情人湖
再随我送入烈火
完全燃烧，连丝青烟都不起

亲爱的，有这样的恐惧害怕
就有这样的强烈愿望
把情人湖从心上搬走
赶紧搬，一天都不耽搁
不能搬进电视
就搬入将来替我生存的诗句
让情人湖有个活场
在一首诗里碧波荡漾
做这件搬迁工程
我请天事地事让路
也把亲爱的你从心怀放开

人在大理，人来大理
出出进进风花雪月

情人湖，一个谈情说爱的地方
两千年三千年的浪漫
晴天雨天都有情人向往
漫步于洱海南湾一条绿荫路上
深入花红柳绿的团山下
上船，一条小船两个情人
荡漾两汪碧水
有情人都情定于情人湖
一对对情人，从情人湖开船
往大青树上挂荷包
心形的荷包装山盟海誓
现在，情人湖已经消逝多年
还没见过为其哭泣的文字
所以，有提醒就感恐惧
害怕情人湖彻底消失

2019年11月11日

你我情人湖的一日游

情人湖天天人来人往
天天有俊男美女情定情人湖
情人湖一日游半日游
蜻蜓点水匆匆游
情人湖是大是小是深是浅
都看各对情侣的感情
情爱深时间宽的
情人湖就深就大就一日游
缘分浅时间紧的
情人湖就小就浅就蜻蜓点水

亲爱的，你我情人湖一日游
那一日游有了情定终身
有了情爱堆山压海的今天
那日你我有说不完的话
有憧憬有山盟海誓
游男儿湖我划小船你纵情
想躺就躺，头靠我怀里
看蓝天看白云看太阳
想坐起来就坐起来，面向我
嘴上说着我爱听的心语
眼里放射着心上越烧越旺的情火
情不自禁的你动手
伸向满湖亮汪汪的阳光

把阳光接二连三捧起来浇给我
游女儿湖从石拱桥下进去
进去你划船我躺着
小船在平静的水上轻轻荡悠
我头靠在你怀里就不动
只想在温柔里靠着不再爬起

2019年11月11日

大理茶花谷上空的飞鸟是幸运的

飞行在大理茶花谷上空的鸟

没一只不幸运

天上鸟儿亿万鸟道无边

能有几只走运

想一想，天下茶花看云南

云南茶花看大理

大理茶花看茶花谷

地点在地石曲 ① 南边的大山里

飞行在茶花谷上空的幸运鸟

没有不减速不盘旋的

每逢岁尾十二月年头一二月

眼下的茶花谷烂漫

有关茶花的名词

朱砂紫袍　玉带紫袍

恨天高　童子面　牡丹茶

雪里红　宝珠茶

节节高　松子鳞　玛瑙

苍山飞雪　洱海明珠

博达红　不是几十种是几百种

有关茶花的形容词

颜色　形状　姿态

千娇百媚

———————

① 地石曲，地名。

不从厚重的红土里涌起
似七彩云絮

飞得最低的鸟最荣幸
在花花绿绿的花潮上游行
对着大朵大朵茶花歌唱
见识玻璃栈道七彩滑行大道
一群群白族彝族美女
拍彩照拍抖音视频
白族女子把风花雪月穿戴在身上
其中之一是茶花谷公主
彝族女子大红大紫
把大朵大朵茶花绣在上身
胆大的飞鸟当机立断
不在茶花谷安家也在周围山顶观花

2023年4月10日

四、大理的天，大理的云

打开一片漂亮天空

打开门窗，打开一片漂亮天空
你我走出去
走在焕然一新的大理土地上

天亮天放晴，你我喜出望外
昨晚还满天阴雨
点点滴滴夺取地温
天亮翻天，天，清一色蓝
明朗阳光满天满地
隐藏日月星星
也隐藏苍山十九峰的雨云
仿佛被风一把抓走
晴开来的大理清爽，清新
苍山，城市，洱海
层次分明，干净温润
雨水洗过的空气清凉清凉的
雨水洗过的路一尘不染
不掉的树叶神情反常
被雨水滋润过，神气活现
舒展开来，翠色光鲜
反把大寒时节过出格外精神

入冬以来盼望大理来一场雪
你我大家不怕冷

都有准备，怀揣暖心
只要不落的树叶不继续倦怠
小雪不来雪，大雪不来雪
过了小寒望大寒
昨天前天前些天不见雪
只下断断续续的雨
都怀疑云内苍山之巅有隐情
现在巅峰真相大白
藏金埋银的天真来一场雪
亮晃晃不回避几天不见的太阳

2021年1月22日

大理的蓝，自然特色的蓝

来大理，陷入自然特色

不愿拔身出去

这特色是蓝，特别是秋冬的蓝

包围大理古城下关风城

洱海边的田野村庄

秋冬里，大理

似天外一隅美好坠入世上

更像一颗内心有空间的硕大的蓝宝石

你进进出出，上下左右都是蓝

抬头，顶上高天蓝

低头，洱海蓝，浓郁的湛蓝

一次次环视支起滇西高原的苍山

也是蓝，蓝的灵魂已渗透山的骨髓

蓝，大理自然自在的蓝

感染你柔柔软软的心

这样的大理你喜爱

它不是天地混淆不清一片蓝

不是水天一团糊涂蓝

晴间多云的日子

白云在空中在苍山之巅

区分高天蓝与高山蓝

冬天有雪的日子

白银一样的山脉与蓝天区分

海面上起起落落的海鸥
区分天色与水色
没云没雪没鸥的日子
天蓝蓝山蓝蓝海蓝蓝
并不是蓝成一体
虽然都蓝，却是各有层次的蓝
天是蓝里泛青的蓝
山是由近至远由淡至深的蓝
洱海是蓝得出色的蓝
荡漾着蓝色灵魂的深厚蓝
闪烁着阳光的海面
灼灼其华，波光粼粼

久居大理的人活得明白
白族为什么一直钟情于扎染蓝

2022年1月9日

二〇二一年一月七日的精彩

来到广场就慌忙起来
不止我，还有出站的广大旅客
省外的，省内的
都出手疯抢天上的精彩
不只是高铁路上来的人
还有吃过晚饭出门的当地人

天上的精彩绮丽绚烂
片片缕缕高悬，层层明艳密布
西洱河口上空
者摩山上空，苍山斜阳峰上空
凤城下关南区上空
红黄紫绿蓝白
不拿形形色色多姿多彩无法形容
亲爱的，我在现场你不在
不出门不在其中
为你错过一场壮丽的景观而遗憾
虽说抢一些带给你
那跟你亲眼看见亲自抢拍的不一样
舞台灯光景色再好
也无法跟这场天然美景比
当下天空不就是神话中的壮丽天宫
汉武帝彩云南现之梦境
织女织出绫罗绸缎纱幔

给天宫一个辉煌图腾
不就是天堂在开霓裳博览会

千载难逢的精彩不抢白不抢
不抢，稍纵即逝，就被黑夜收走
抢，分分钟一抢而空
全落在抢手们手中
到手的都捏着不放，忙着分享
打开微信往朋友圈发送
外地来客深感幸运
二〇二一年一月七日大饱眼福
存在心头，在梦里回放
回家再把彩云之南的精彩捧上天

2021年1月8日

六月十九日上午的苍山云

你瞧云南天气预报
明天大理又是晴间多云
昨天的情况
今天流露在我脸上
走到隐蔽的地方
你都看得一清楚二明白

昨天早上八九点钟十点钟
云堆于苍山十九峰
像一大堆棉垛
云垛上有云絮
絮絮在欢腾在腾飞
往洱海上空向海东方向飞
云垛下冒出来的
一缕缕一丝丝
往下落，往下飘落
落在半山腰相连
就是长达几十里的玉带云
九点奇观出现
一朵祥云从玉带云上下来
停留在崇圣寺上空
像观音玉立莲花上
美美七彩光影
投在右边山间山林
你有抓拍存照
证明六月十九日这幕情景

2022年7月11日

在洱海东方看见苍山美妙的云

七月在大理，有美妙奇遇
走洱海东方阳光大路
沿途看见的云
苍山十九峰峰巅没一丝云
洱海上空没一丝云
海东方向的群山头上没一丝云
整片蓝天无云
在这种情况下还看见的云
还不是一朵两朵
是一朵追着一朵络绎不绝的云
还不是一次两次见
不是见了白见
是会让我触景生情的云

亲爱的，见你看出真情
心跟洱海一起澎湃不已
我说的，你见的
是苍山的云，半山上一串行云
南去西洱河峡谷的云
云的形象你想象什么就是什么
一头头白狮一匹匹白马
一只只白鹤白天鹅
一支白狮白马白鹤白天鹅混合旅
浩浩荡荡，横渡苍山

像北面群山放出来的坐骑
也像眠在苍山的生灵
七月六日一早醒来蹿出密林
这时苍山顶上没雪
是不是它们暗中取来背负
不然，它们全身为什么都雪白

2022年7月12日

有幸观看白雪公主舞蹈

不在剧院在洱海东岸

看白雪公主舞之蹈之于苍山之巅

一个秋晨隔海观望

东方拉开夜幕放出的太阳

首先照亮苍山之巅

照亮一个个白雪公主

到太阳当顶　白雪公主隐身

湖光，山色，天色，全没区分

苍山十九峰十九个舞台

个个台上都有三五成行的白雪公主

十九个舞台紧紧相连

百里山脉，是一条曲线

高高在上起伏不大的曲线

线上的白雪公主

一个跟一个间隔距离不远

可呼应可伸手相牵

白雪公主穿白衣白裙舞白长袖

从南至北或由北至南

演出一条百里欢腾的壮观舞蹈线

白雪公主喜欢高山

喜欢站得高看得远

也喜欢睡在高山顶上，入梦安眠

在大理，喜欢苍山

喜欢雄踞中心的突出高峰

立夏的太阳一来

冬眠春眠的白雪公主出游

走个神不知鬼不觉

深秋里时不时回来一次

演一场舞蹈又走

走运的我既然幸运就不放过精彩

拍下其千姿百态带回家给大家看

亲爱的心直口快扫兴

哪来什么白雪公主

明明是苍山顶上的一朵朵腾云

2022年7月18日

雨季，下关的天边有雪山猛兽

雨季，每一场大雨来临前
在风城下关大白天
抬头见东边的山南边的者摩山
西头苍山斜阳峰
常见山后凸起雪山　层层叠叠
高出几面青山万丈
白皑皑地直冲碧蓝天空
或独立的或成群的雪狮、雪虎、雪豹
从青山后高高扬头
或面目狰狞，或嘴脸温柔
太阳滚下苍山斜阳峰
还会见上面站着大黑天神
失去一头光环
万丈黑影扑下山来

雨季，在下关仰望天空
亲爱的比谁都明白
雪山，雪狮、雪虎、雪豹、雪狼
或大黑天神，迷人罗刹
都是高高的积雨云
朵朵是饱满的、站立的
农历六月里从东海、南海来
吃饱喝足，气势磅礴
姿色既非凡，也非常容易崩溃

天边电鞭滚雷一触击

就放出一包水来

叫下关街道江河奔流

很符合农谚：六月水，七月鬼①

2022年7月24日

---

① 六月水，七月鬼：分别指农历六月雨水丰沛，农历七月中元节祭祖。

乌龙白龙金龙出没于大理

童年时给地里苞谷苗浇水

在街子坡上见龙

见大波那龙山下龙潭的乌龙上天

转眼大雨扑来

挑着桶跑不出雨幕

几十年过去

居下关频繁见龙

先在小区梨花溪见龙

见白龙从东西两排楼房上空过

就伸手抓入手中

不，是拍摄在手机中

接着一次次见龙

见者摩山白龙出入于西洱河谷

见苍山十九峰上雪白的卧龙

长几十公里

头在斜阳峰，尾在上关

山脉上卧龙起起伏伏

有个影友拍下其中一条白龙

展出期间惊呆的目光

凝聚在一个亮堂堂的大屋里

轰动朋友圈的是两三年前

两条金龙抢宝

傍晚出现在龙山上空

被众人抓拍下来上传至网络

亲爱的，世界之大
无奇不有！实话说给你
上述全是云的各种形象
全像传说中的龙
自古雕的塑的绘画的龙
有头，有角，有眼，有嘴
有龙爪，有龙身，有龙尾

2022年7月26日

遇见传说中的百鸟朝凤

传说中的凤，百鸟朝凤
从前的一天见过
突然出现在面对的山箐中
五彩祥光笼罩着
欲是七彩山鸡盘旋不是
欲是开屏孔雀　也不是
是从前有人彩绘
后来有人搬上银幕
那种不存在的凤
冥冥之中，凤飞翔着
有喜鹊大的种种百鸟飞来
围绕着飞翔
整个景象，像旋转大涡轮
亲爱的，在江尾村
从前我教书的村
你我结婚一结百年好合的地方

亲爱的，说真话
那一次遇见是在梦中
在祥云县城做的梦
后来迁居桑苑
在一个傍晚真正见过
凤在西边上空
是金凤，有头，有身，有尾

活灵活现，翎羽栩栩如生
被我抓拍于手机中
后来，再次出现在坝子上空
被幸运的影友抓拍
疯传于网络，疯传于朋友圈
后来迁居下关
秋冬，常见支支凤尾翎羽
仿佛是从彩云之乡飘来
这是一种云的姿态色彩
亲爱的，仿佛圆我早年那个梦

2022年7月31日

种在天上的松花菜

凤仪三哨，下关吊草村
叫我疑惑迷离
种松花菜种天上
七八月大白天
在梨花溪山坡上、山坡下
抬头望见着迷
雪白的一朵朵出现在山顶
及其高空蓝天上
盛大，花朵一样有层次
早上买菜去七五村
逢五逢十早上赶凤仪街
见山民来卖菜
种在天上大朵大朵的松花菜、卷心白
浓缩成雪白小朵小朵地
装在篮子里
摆在一个个摊位上
说出来亲爱的不相信
是的，是的
我说的是天上一种云的姿态色彩

2022年8月1日

五、大理风情

下关风吹不走大事件

以奔跑驰名的下关风，年年不息
吹得世面世世更新
却吹不走历史上的大事件
你从天宝街起步
穿过天宝公园，过西洱河
向上走，到达龙尾关
向上走，到达将军洞
原来看不开的，已经看得越来越开

天宝公园有大唐战士冢
你看到的是土里的白骨堆
我看到的是历史的证明：佞臣三言两语
挑起一场流血的战争
七八万大唐将士没暴尸荒野
没做流浪的孤魂野鬼
洱海的子民啊，尽收尽葬
苍山公主年年披白吊祭
上龙尾关你看到一些店铺房屋还是老样子
我看到关楼威严神圣
七八万大唐将士没一个过关
上将军洞你看到香火青烟
我看到苍山斜阳峰慈悲
不弃阵亡败将李宓之魂
往北几里去太和城

你看到一石高高耸立
我看到德化碑　一颗衷心
内有南诏万民的千言万语
如涓涓细流细细表述这件事

2023年1月15日

正月十五去凤仪街闹元宵

我来，你来，一支支队伍来
迎面一拨拨人潮
纷纷退让两边
来一个个瞬间的立定
做两岸凝视的群山
看你看我看队伍浩浩荡荡过来

我在舞龙队伍里舞大龙
十几支白族彝族汉族舞龙队
舞大龙，舞小龙
舞红龙青龙黄龙黑龙
舞形形色色的花龙
我在第一支舞龙队伍里
你知道，最吸引观众
叫春风今夜睡不着
我的舞龙队舞的是大红龙
舞龙头，我是最酷一个
龙头，上下左右飞扬
龙身，翻江倒海，滚滚翻动
十几条龙条条这样飞舞
还有舞狮队，高跷队
还有八仙过海队
各有各的拿手好戏尽情地舞

你在美女游行的队伍里

十几支美女队伍

划旱船，舞扇子，扭秧歌

打灯笼，走秀步

多姿多彩，美不胜收

你的姿色是最出彩的

尽管有各种彩色旗袍队

各种彩色民族服装队

各种流行时装队

衣着古装古典美女队

我知道，你在白族女子队

除了我，还有人惦记

你最美，美，是给人看的

有人爱看你，有人惦记

爱美之心人皆有之，正常的

我不是小家子气

我为你高兴，我心灵通透

他惦记，是他的自由

你只为我动情

才是我爱你爱得轰轰烈烈的原因

正月十五玩花灯闹元宵

演出队把一个节气舞到高潮

把大街舞到沸点

你我的舞动进入高潮
是沸点是亮点
就把夜晚的星月煮成一锅元宵
入口，一个个糯糯甜甜

2019年2月20日

三月街，蜜蜂进进出出的一朵花

大理三月街，在我眼里
就是一朵盛大开放的奇花
时间不到不开的花
过期想留也留不住的花

千年以来，花开在那里
苍山洱海环抱的好地方
不弃，不离去
再大的下关风也吹不走
平日里不动声色
阳春三月一来
就面向世界隆重盛开
年年都是这样
春天不来不开放
不开，不开，就是不开
天王爷地祖公来
也不赏脸也不开放
阳春三月来了就开
谁也不遮不拦谁也阻挡不住
阳春三月一过
就地静悄悄地隐身收藏起来

花朵盛大开放时
花容花貌花香

九芯十八瓣，五彩缤纷
蜜蜂进进出出
这一群，带蜜带粉进去
那一群，采蜜采粉出来
花里花外，嘤嘤嗡嗡
亲爱的，约上你的闺蜜
喊上我，走，去赶三月街

你，我，她，三五成群
跟四面八方来的人
蜂拥而至，都是一些蜂群
来的走的，带粉带蜜
带嘤嘤嗡嗡喧闹喜气洋洋

2019年11月

约你去赶三月街

冬风吹过，春风吹来
苍山洱海怀抱里
就有一场激情浩荡的春潮
潮流从八方涌来
赶千百年来一年一次的三月街

满街热浪喧腾，热潮澎湃
一派洋洋大观
国外的，省外的，州外的
州内各县的
老的少的，男的女的
千万种好吃好喝的
好穿的，好用的，好玩的
古董的，现代的
都来赶潮相聚，相聚，相聚
千万颗心跳在一起
千万目光亮一地
千万个故事发生于一个地方
千万种商品集散于一地
去年，我跟亲爱的有约
今年继续来，来，来

今年三月，想，你我就来
走进三月街，走进一个万花筒

融入形形色色的人群七彩纷呈世界
美食美物买卖天地
赛诗赛歌赛马娱乐圈
走进一个热气腾腾的大气场

2018年4月29日

春耕，三看大理周城开秧门

你曾经腰酸背痛地栽秧
早被白族儿女弄成一场快乐的活动
春耕你来看看周城开秧门

看一眼苍山下的原野

田埂上飘飘扬扬八面插秧旗

翻腾半天里的朝霞

丘丘大田亮起汪汪水眼

望挑秧哥插秧妹来

来把绿春情歌大栽大插

阿斌的阿爸阿妈从前未婚时

挑秧栽秧嬉戏对调子

泥水上身情歌入心

这些年秋上双双送米来

看见他妈如大理王妃再现

进村看两眼栽秧会

古戏台上奏吹吹腔 ① 唱大本曲

跳霸王鞭舞八角鼓舞

台下大青树下的绿荫里

供品摆满一桌一桌又一桌

祭官祭秧旗，三丈长的旗杆

头顶五谷丰登的升斗

———————————
① 吹吹腔：为大理州白族的一种戏曲形式。

斗下彩旗飘扬

旗是犬牙形白布镶边旗

红红火火飞舞

金色的风调雨顺吉祥语

丝线绣的，在旗面闪闪烁烁

旗杆顶上彩带和雉尾飘飘

系着的铃铛叮叮当当响

祭官给祭旗系红绸带

长辈们跪拜祈祷

秧官敲一声铓锣向四方喊开秧门

吹打队打铓锣吹唢呐

背秧的金花挑秧的阿鹏

大大小小跟着吹打队走起来

队伍浩浩荡荡下田间

你接着看，秧官边敲锣边吟诵

春光泛泛下稻秧

今天秧囡嫁田头

多子多孙（穗）压弯腰

秋后喜庆大丰收

金花们下田对着秧旗排开来

铜锣、大钹一齐响起来

唢呐吹起栽秧调

栽秧的金花姐妹们

按照秧官锣声节奏开始栽

锣声快则快　锣声慢则慢

丢秧的大小阿鹏

看中谁向谁丢秧唱情歌

泥水点点溅身上

歌声句句落心上

你看到这里看到灵魂深处去

田间越热闹越欢畅

调子越动听，栽下秧苗

来日长势会越好

秋上稻谷和爱情，会双丰收

2023年2月2日

苍山心怀亿万幅大理石画

只知道海纳百川

来大理看见苍山的一幅幅石画

画面上幽幽神魂

就有观念在觉悟中崩溃

惊呼磅礴苍山

也心怀千山万水

如长江的巨浪

天下沧渊翠微飞禽走兽

天上流云秋月

千秋百世风流人物

都应有尽有，无奇不有

来大理亲眼看见好

苍山高，高过四面八方的群山

有眼，高瞻远瞩

生来一直见多识广

有灵，万千世界的景象

见好就包罗心里

你来，不经意的一个雅姿

也被苍山收入内心

万年后开采出来

就是中国画上一个古典美女

苍山的心是汉白玉心

坚硬，不愿被收藏被剥离

以森林包裹自己

无奈早被南诏发现

采一点切片在清碧溪里磨洗

每片都是自然天成的画

每幅都是天赐上供的孤品

悬挂千年万年

依然如神笔丹青明丽

无人能模仿，无人能超越

2022年2月1日

把蓝天白云穿在身上

把头颅上空的白云
成片抓下来裁成二尺宽的长条
放进藏青色的水里泡
或成朵抓下来慢纺细织
纺织同样大小的条幅
放入同样质地的水里泡

水是掉入洱海或水塘的蓝天
泡透再捞出来挂起晾晒
晾干卷起来上街卖
就是摆到摊子上的一卷卷蓝天
女人给男人扯八尺九尺
或一丈二三，一丈四五
送裁缝铺裁缝出来
男人就把蓝天穿在身上
女人穿花的戴花的
披花的，多一道工序
要把白云一撮一撮扎起来
放入蓝色的水里泡
泡透晾干再把扎线解开来
还原的蓝天开放朵朵花
朵朵五瓣五瓣的小白花
如蓝蓝海面盛开的海菜花那样好看

亲爱的，二十世纪六七十年代
七天赶一次街
家住街上，我小小年纪
给老马村染匠摆摊
三块楼板两条凳，摆起来收两角钱

2022年9月20日

闻名遐迩的下关沱茶

在滇缅路与滇藏路交会点下关
伸手聚散千山之春不止百年
聚保山临沧普洱千山之春
山山茶树千手万手
举起来抓住年年过往的春
那丝丝春阳的光鲜
都聚起来，都均量分出份
秒秒钟出笼入模压出一坨坨宝

云南三宝：白药、沱茶、云烟
沱茶，三宝之中一宝
大坨小坨造型如碗
像面包模样的青山
云南的山在太阳火眼里
就是一笼绿色面包
摆在简称滇的地方
年年聚起千山之春年年散
散，散往万千江河之水
泡出汤色如秋之金黄
杯杯在从前茶马古道上飘香
在今天万里茶道上五湖四海飘香

立足滇缅路与滇藏路交会点的下关
任凭风吹，吹出下关风城的名声

2022年11月28日

下关沱茶与婚姻的关系

头顶颜色由黑变白的年纪
即便心有春风
步履矫健，在孩儿面前
也是行走的雪山
高山头上终年积雪顽固不化

现在这些人来自二十世纪
五六十年代出生，七八十年代结婚
其中云南祥云人
男儿谈婚娶媳妇
叫说媳妇讨媳妇
幸遇女方爽快的走三回
反之啰唆的跑九转
直至泰山点头
每次带去的礼物少不了茶
轻的不少于三大样
红糖一盒茶两包白酒两瓶
重的加上烟两条
饼干水果糖等各两包
这些给对方父母
至于对象，得送一块好布料
那些年一穷二白
送这些东西难

红糖白酒布料凭票买

普遍月工资都只有三四十元

送一回需要十几元

春芳说媳妇不买茶

送茶，不送散茶，送沱茶

不是姓茶就产茶

是大姐给爸寄来下关沱茶

爸舍不得吃让春芳送

每次送饭碗大的两坨

六坨下关沱茶送了三回，送完就成

2022年11月29日

喝茶品茶，请来大理

阿爸，若听得见幺儿唤您
我愿取十年生命
换来您一次重返人间
我一次重回少年
别说一天，一顿饭时间也好
还是在您血汗造就的瓦屋里
儿向旭日取来火
在火塘上烧上一壶地龙水
火炭上烤一罐百抖茶
烤一下，拿起来抖几下
嚓啦嚓啦地抖，抖，抖
反反复复直至抖到上百次
抖到罐内绿春成金秋
沏入烧涨的开水
罐内就轰轰烈烈沸腾
热气香气冲天
再倒入茶盅端给您
您喝下雷响茶，重展威风

阿妈，若听得见幺儿唤您
我愿拿十年生命
换您回来一次，一时也行
回到大姐出嫁时
我翩翩少年

再品您亲手做的三道茶
先苦后甜再回味
现在生活甜多苦少麻辣上口
茶和红糖蜂蜜
花生花椒黄姜随意取
现在您做出三道茶
幺儿从头一口一口品起
轻轻咂，细细入喉
如命苦尽甘来
尝到甜头再回味
苦中有甜有麻麻辣辣入心肺

远方朋友，若听见我喊
想喝茶品茶，来大理
喝百抖茶雷响茶，我烤我煮
风寒，我烧坨红盐
沏入滚烫的茶水里
若品三道茶有漂亮白族小姐姐
或见小金花出嫁跟着去送亲

2023年1月13日

大理甜蜜事业自白

世间难免有一些苦

黄连黄芩黄参苦，穿心莲苦

艰苦创业的岁月

你在大理苦中作乐

不放过间隙

在其中插大本曲

有驱赶困难的霸王鞭

我来添一些甜

绿绿地生长在宾川南涧田地间

你打马经过

忍不住下马砍一棵

从根上一节接一节嚼起来

嚼出的水甜入肺腑

尝过甜头你一年栽一片割一片

割来的榨红糖

做粑粑做包子做汤圆

让其他吃苦的人们尝一点甜

大理古城大门开

你跑进去做鲜花饼卖

城内开始有颗甜甜的心跳动

馅，蔗糖拌蜂蜜

结合红玫瑰花

蜜是苍山上的蜂蜜

玫瑰是上关花花世界的玫瑰

来旅游的美女
品十足的大理味
吃过的不想走，走也带两盒

2022年9月20日

掐新娘，一次表达爱的机会

洱海边的白族姑娘
出阁出嫁喜气洋洋的时候
每一个亲人每一个来客
男的女的老的少的
暗恋的提亲不成的小伙子
都有一次机会表达爱

在她出嫁前下手，去掐去扭
掐红扑扑漂亮的脸蛋
扭笑起来酒窝更深的下巴
亲爱的，这种爱的行动
平时除了亲人，除了闺蜜
村里的男子谁敢

别人谁敢，我敢断定
离开大理走遍世界各地
绝没有这样的机会
用这种方式去表达心中有爱

这是唯一的一次机会
无论是谁，包括当爹当爷老子
离开这个时候
要掐要扭，只能是她的郎
现在赶快下手吧
表达溺爱宠爱深爱可爱
表达祝愿早生贵子百年好合

亲爱的，这种场合
我碰到过一次，在喜洲严家大院
面对苗条新娘的水水脸蛋
想上去掐一把，还是怕，不敢

2022年12月19日

来大理见过两次绕三灵

远看，有一条条长龙出海上岸
游行在洱海边苍山下
近看，洱海周边群众出村
身着盛装，插花戴朵
大路小路红红绿绿浩浩荡荡
这是一年一度的绕三灵
见过两次，第一次见表面现象
农历四月二十三日至二十五日里

队伍都由花柳树老人带
手执柳树青枝，上悬葫芦红布
随从数十个年轻男男女女
手执霸王鞭金钱鼓
亦歌亦舞，弹的弹三弦
吹的吹竹笛，唱的唱大本曲
紧接数十个男男女女
手执草帽手执扇子亦歌亦舞
队伍一天奔一个目的地
第一天崇圣寺绕佛
第二天喜洲庆洞村绕神
第三天河矣江绕仙
晚上，在树林里对歌夜宿
第二次见，看出其生生不息的一脉相传
敬祖思源，男女爱恋

代代延续，苍山十八溪水

无休无止奔腾于人间

单身少男少女告别孤单

找到情投意合的人

十月谷熟就结婚拜堂

领队的花柳老人

队伍中成年汉子婆娘

一对对不都是这样的欢乐过来人吗

2023年3月5日

大理白族妹子爱舞霸王鞭

北方来的哥，白族妹子爱舞霸王鞭
听了别怕，不是鞭挞人的
是舞蹈，是霸王鞭舞
霸王鞭是一双双纤纤玉手上的道具

白族妹子爱唱歌，歌歌唱大本曲
爱跳舞，跳七十四种舞
其中最爱跳霸王鞭，闹春节正月跳
四月绕三灵跳，田家乐跳
张家建房王家开业杨家娶媳妇
也穿漂亮，美美庆祝欢跳
北方来的哥，白族妹子美
聪明过人，纤纤玉手上的霸王鞭
舞得一年二十四节气
十二个月铮铮作响，扣人心弦
二尺四寸长金竹抠六孔
各装二枚铜钱，各有各的内涵
看霸王鞭看仔细，白族妹子舞起来
鞭的一端不断敲击在自身曲线上
肩、肘、手、腿、脚，处处到位
多变的舞姿，连贯的动作
表达最美好的情感，让你过目入心入魂

北方来的哥，若你带着伴侣来
看过霸王鞭动心，买套风花雪月盛装
让她穿起来，跟着跳一回霸王鞭
若没对象，就情定大理
看过霸王鞭，娶个白族姑娘美一辈子

2023年3月6日

六、自在大理

来大理品春天

阳春三月，澎湃的三月

春天光鲜闪亮出场

看得见摸得着

不看不摸也闻得着

闻着见着摸着

各色美食摆上桌

黄的绿的鲜鲜美美上桌

可以解饥解渴

饥不是从前的饥饿

渴不是从前的渴

现在是春来想吃春

爱吃春，馋虫馋

对春的自然鲜香总不满足

亲爱的，三月来大理

周末约闺蜜向前

循着阵阵扑来的清香上去

上山采艳阳之春

采白、采红、采绿、采金黄

左手采白杜鹃花

右手采绿苞含雪棠梨花

左手一把绿中泛黄的马桑花

右手一把金雀花

昨天采香椿采棕苞

今日采来树头菜

明天去采绿中带紫的蕨菜

后天去采抽心菜 ①

采入口回味甜香的苦圈圈

这些花花绿绿的野菜

你采来炒，你采来煲汤

炒，加点瘦肉炒

或加个鸡蛋炒，猛火爆炒

嚓的一声

喧腾起满厨房的香

炖，文火慢慢炖

煮，大火十五分钟煮

排骨炖蕨菜　豆米煮杜鹃花

香喷喷，热腾腾

都是一锅一碗一碟美味的春天

2021年3月10日

---

① 抽心菜：一种田间地头的野菜。

夏天，苍山遥控着太阳的热度

大理苍山掌握着隐形的遥控器

遥控着当头太阳的温度

立夏一过，日子进入盛夏

它就顺应人们的愿望

把太阳飙起来的高温调下来

调到适合大众的温度

特别热的月份它调为雨季

常把堆在山后山巅的云调动起来

布满整个大理上空

让洱海跑入云朵里的水分子

反反复复降落下来

不止扑灭人们感觉的燥热

更让绿色生命一次次感受酣畅淋漓

西洱河峡谷就是一个空调

下关风就是西洱河峡谷释放出来的

有风，晴天不止月光凉爽

连亮堂堂的阳光也凉爽

泰安桥北河边街边的树摇头晃脑

片片绿叶抖动片片阳光

美艳艳地让人看着舒畅

热地方跑来一个漂亮姑娘

随身带来的闷热已被下关风吹散

站在泰安桥上放开黑黑长发

让其顺风纵情飘舞

热地方有过的烦恼

任由飞扬的长发散发到九霄

她转到兴盛桥触景生情

见在拍婚纱照的一对对情侣

立马通电母亲不回家

要换上金花服装拍抖音找大理女婿

2024年5月17日

夏天的大理适合你避暑

五月六月七月
火炉一样蒸笼一样的地方
又有些人失踪
三亲六戚不必着急
若要想找
不打电话不发微信
直接跑来大理
就会见其踪影
苍山脚下或洱海东方
闲居于山水间
不声张的别墅区
熙熙攘攘的大理古城里

苍山是上天的
上天掉下来的一坨翡翠
洱海是上天的
是上天掉下来的一块蓝天
更像是掉下的一滴净水
金花阿妈崇拜的观音
从前于空中走过
抽出插在净瓶里的那支柳
水淋淋的，缀满甘霖
啪一声，惊天动地
一滴甘霖掉进坝子里

还有第一代金花
第一代茶花、杜鹃花
第一代形形色色的花
太阳唇边飘来的
鲜艳亮丽七彩吉祥的云

亲爱的，他们来大理
五月六月七月
你说，冲着景色来
她抢在前说
冲着人文景观来
来了不出去
我说还因下关风
苍山望夫云，阴凉
落雨，送爽
老人幼儿还要加件外衣
像过春天秋天
不像他们离开之地
离开空调、冰啤
钻下地铁才叫凉快安逸

2020年7月9日

夏天的大理不只是凉爽世界

迎面奔来脚踩风火轮的炎炎夏日
把你我大家卷入其中
中午在洱海边你声声叫热
跑宾川你整天叫热
跑省内元江元阳你日夜叫热
跑省外攀枝花长沙武汉
北京沈阳长春哈尔滨
西安乌鲁木齐你叫热
日夜从一团火跨过
晚上不把空调调在二十摄氏度不行
白天在北京爱钻地铁
在哈尔滨一天喝九瓶冰水
还热得满头是汗
穿衬衫裙子还汗流浃背
你希望淋一场夜雨
结果雨点落脸上滚烫
瓢泼大雨里感觉人在淋热水浴

回大理重新感觉人在清凉世界里
苍山遥控着太阳的温度
中午出门你不打太阳伞
下关风里的阳光凉爽
从西部高原回来你更叫爽
大理夏天不仅仅凉爽
呼吸也爽，不做买卖氧气的生意

2021年6月20日

者摩山脚的秋天香气袭人

山有脚，从高处伸下来
就不缩回去
也不走出去半步
山有脚，生来只为站立着

生在山的脚丫巴里
小云南老青山的脚趾缝里
从小挑水抗旱
记忆没有春花秋香
现在归宿于下关者摩山脚
没被一脚踢开
开始享受春花秋香的生活

者摩山大脚多
四平八稳站在洱海边
西洱河南岸
者摩山脚的秋天香气袭人
香气腾空
向人扑来，直入肺腑
阵阵浓郁之香叫人感觉舒服

抬头寻觅秋香的来源
见钝萼铁线莲花的一场白雪

2022年9月11日

初冬，不辜负大理满城阳光

别以为立冬就开始寒冷

山巅有雪山下有霜

不冷啊，有阳光的日子

大理古城

温暖如春，快来体验

别辜负一城阳光

昨天，立冬的第二天

我领小美女坐四路车去

从苍山门进城

走在似金子亮晃的金蝶下面

街边树上金蝶万千

欲飞又不飞

只在阳光里亮翅

挤在枝枝丫丫间，缀满树冠

由西向东几里路

两边成百上千棵银杏树

增强成倍阳光

小美女走在金灿灿的光芒下

叫热，要脱衣裳

怕她感冒，不答应她

就尽量走阴凉的地方

她还是叫热，不让她脱

已经失效，她自己脱

脱了外衣还叫热

吵着喝冷饮，吃奶茶
要镇镇热，降降温
刚满五岁的小美女
不顺她，就在大街上哭
无奈，我投降我依顺
吃过冷饮高兴起来
要照相，在红龙井连拍
拍出一组小太阳喜洋洋

2020年11月9日

从洱海东岸返回秋天神气神奇

头枕秀北山，睡在绿地毯上
胸口对准正午太阳
让阳光直接射进心间，很暖
脚伸过金梭岛伸过洱海
蹬向苍山，视觉夸张
听下关风浩浩荡荡过来
从周围树梢不断过去
呈现呼啸而过的豪迈气势
亲爱的，当下躺在洱海东岸
仿佛躺在新婚床上午休
呼吸新鲜空气，很爽
新床大红大绿还有金子亮晃晃
当下内蒙古黑龙江大雪纷飞
我从洱海东岸返回　秋天
在神性滇西就这样神奇神气

亲爱的，秋天已过去
看其背影已经过去十一二天
实际上，神性的洱海周边
冬日的白天不阴不雨
照样像秋天的晴天一样温暖
不像下雪的内蒙古黑龙江
大理秋天下雨，也成冬
街上有人穿羽绒服保暖

可立冬后晴天照样暖洋洋

我从洱海东岸返回

秋天命脉还在大理延伸　延伸

亲爱的，睡够起身回来

带一身温暖和收储满心阳光

穿过红红绿绿的树林

遇上一片片金菊

跟远古卸下的金铠甲一样灿烂

遇上成波浪起伏的薰衣草

风吹花潮紫气喧腾

喧腾在成群的雪狐尾巴高翘的中间

定睛看清矮蒲苇大草惹眼

暖暖的心落入一片软软绵绵

2020年11月19日

黄金时间走黄金路

十二月上旬至中旬

正是大理玉洱路熟透的时间

阳光里有金子亮晃

你带着思想放长眼光走

上午由西向东

从苍山门进　往东门出

下午由东向西

从东门进　往苍山门出

来往都向着太阳走

就在黄金时间漫步于黄金路

抬头见黄金在头上亮晃

你说一棵棵银杏树大招风

在风中摇曳

摇着摇着摇身变化

就头戴金冠

身披挂金甲战袍

看金蝶落满一棵棵银杏树

也有在树上亮翘欲飞

在空中飞黄腾达

你低头不忍踩踏

树下铺一条几里黄金路

中午由东向西走

感觉苍山脚下流淌着一条金河

西头一公里最热闹
美女如云
黄金时间在黄金路拍美照
拍金蝶恋花
你来街边客栈住一宿
也感觉小娇住进了黄金屋

2021年12月19日

在大理等你来过冬

来，不遇南下寒流
不遇落叶乔木改头换面
不觉冬立于跟前
有人说冬寒从地气来
脚板却没有冷的感觉
别说立冬时，继续过下去
过小雪大雪时令
不飞雪也不冷
若去大理这几个地方
小寒大寒也不寒
地冒热气　热气腾腾
地冒温泉，热浪滚滚
洱海源上的地热国
下山口的普陀泉
凤凰隐秘的西洱河谷
有彩云覆盖的温水
都能温暖过冬
来！北方的朋友
我在大理等你来过冬

大理风花雪月不是传说
雪是苍山雪
冬上雨过天晴景美
暖暖阳光照洱海

透露苍山十九峰
似蓝天下盛大开放的朵朵雪莲
你若迎面遇见
我跺跺脚惊呼幸运

2021年11月9日

冬天，你在大理神魂颠倒

北方万里雪飘你顺风飞来

住进充满阳光的大理

避小雪大雪小寒大寒

你来大理不离去

排除我，还是神魂颠倒

天呐，大理人好福气

白天活得舒服安逸

九点十点直至十六七点

走在苍山洱海之间的阳光里

或不出朝阳小院

坐在走廊向阳房间喝茶

或拉一把躺椅

躺在阳光里

不用穿羽绒服

就有暖洋洋的阳春感

晒太阳晒到热不住

往凉处挪，就让你神魂颠倒

早晚冷，也不太冷，添点衣服

走走路就热起来

脚底板起火，脑门出汗

下雨下雪才是冬

雨雪过后，大变天

神魂颠倒的你，更不回去

大理已经美到让人心醉

天蓝得至纯，偶有一抹云

如你淡淡涂一点粉

洱海蓝得至纯

周边起起落落的白鹭海鸥

跟洱海成为一个共同体

一块扎染上蓝白相间

远见苍山也蓝得至纯

若没苍山巅峰的雪

没苍山洱海间的田园绿色

就不仅仅是水天一色

整个大理的冬天的蓝

就是金花抖开来的阿丹蓝①

2020年11月28日

---

① 阿丹蓝：白族作家杨腾霄在小说《阿丹蓝》中描写的一种蓝。

十二月初的大理这样美

来看看大理初冬的模样吧

去大树成排的街边

去下关风城大理古城

去苍山去团山

去有一把岁数的白族村庄

去有水杉有海鸥的洱海边

海西的田园色彩早已翻版

稻香金黄翻成豆麦绿

上午太阳热情起来

欢迎各村晒收存的秋粮

铺在大小簸箕里晒

铺在水泥地上一块一块晒

迎着阳光看树冠

还见秋天延伸的命脉神韵

下关风光动人之处

血性强烈的红　热血沸腾

元宝枫水杉黄楝头

忍不住掉一点点一片片红

落叶盘旋着飞，飞

跑向青春顽强的绿树绿草

银杏树柳树显摆富有

向行人抖一身金钱

晒遍地滚的金钱

下关人民南路文化路的梧桐
你向阳看，别顺光看
还可见抖动着的金色的光
远看苍山、看天　近看洱海
大理公主的蓝色神魂表现突出
她爱丝绸路上的蓝绸缎
也爱自己纺织自己染的阿丹蓝

亲爱的，十二月初的大理
很多时候，除了早晚
就是温情鲜亮的精彩时光
天空无云，地上没雾
都说冬天的神色是白色
白色的霜白色的雪
云南不全是，大理不全是

2020年12月3日

这年下关冬至不像样

冬至，冬天极冷阶段的开始
这天太阳远离我们
走到偏南极点
随便见见我们就退下
二〇二一年冬至这一天
八九点钟出门
看见喘出的气
是冬至前见不到的真相
白得像一股烟
喘一下，冲一股出来
在眼前翻腾着消散
活得长的人活得明白
见喘出来白气就是最冷的天
这个现象太短暂
太阳一时比一时暖
曝光下关的冬至太不像样

下关冬樱一棵棵开花
树树红红火火热火朝天
玉兰花迫不及待开
茶花开了又开
三角梅紫荆花菊花还在开
违抗冬至的角色
还有金星河水边的草

还绿发出光

团山枫叶该落却不落尽

还火烧冬至

嗨，还跟认不得冬至一样

2021年12月22日

来大理过冬，发现别样的美

入冬以来一直没雨没雪
很多时间天空没云
上面天一片湛蓝，下面洱海一片湛蓝
冬天的蓝超过其他季节
现在冬天有些特别
迷魂的蓝铺天盖地
天蓝苍山蓝洱海蓝，蓝得神魂静静的
有点云的早上起早
见云在东南方山上烧一堆火
不烧一草一木
冲天烈焰只烧一夜寒气
太阳是只金凤凰
飞出烈焰，叼起几缕彩云西行
七彩缤纷一路绚丽
远处的棉花糖云，蓬松
正午太阳暖洋洋
离开枫叶还在烂漫的小区
不上翡翠成堆的苍山玉带路
不去南诏风情岛
就去洱海生态廊道走
看着起起落落的海鸥向北走
走过洱海的一道花边
就走进大理掌上明珠古城
冬至开花的冬樱
跟金花银花凑热闹，还没散呢

2021年1月7日

这一天在大理过大寒不冷

在大理，过冬过这几个时节
人在风口里还是冷飕飕的
小雪之日，大雪之日
冬至之日，小寒大寒之日
不过，走过不下雨
没浇灭地温，下关风再大
大到人在风中楼里
听见飞机轰然起飞的声音
人在风口大步行走
长发飞舞，风衣飞舞
也吹不尽积蓄的地温
太阳出来就回升，升到热

大寒前两天，大寒这天
云封闭苍山十九峰
不知道天是否藏匿有雪花银
是否在树上岩石上
展示冷兵器，磨亮冷兵器
云封闭洱海上空
断断续续降雨
抽出风刀刮骨冷酷无情
夜晚回家还是不冷
直接敲门，门开
你在，端来热水泡脚
边泡边看正在热播的电视剧

2021年1月22日

七、西洱河峡谷

西洱河峡谷的自然面容

跑进深山大箐的西洱河
淌在我心里已经不是一两年

西洱河两岸山高
穿着绿水滴淌的长袍神气十足
昂扬头颅高不可攀
两条公路沿河盘绕下去
老路，慢行至缅甸
新路，踩一脚油门抵达保山
叫高速。铁路忽隐忽现
现身的是高架桥
隐身的是贯穿山腹的隧道
村落插足于河边路边
山没一座不陡，没人烟的地方
六七十度，八九十度
直上三千米云霄
田地在四五十度的地方
零碎，插花似的夹在人家中间
西洱河水来自洱海
进入峡谷流得很急
急着忙着把洱海水淌完
可万年以来没淌完
继续波涛汹涌势如奔腾烈马
你追我赶浩浩荡荡

忙离开难以容身的峡谷
去澜沧江，去汪洋
像走夷方大马帮骡马再现
也像七擒孟获人马活着回来
西洱河峡谷口的风性子急
刮得很凶猛，如虎发威风
咆哮不息，特别是冬天
仿佛不把下关人吹跑就不罢休

2020年9月9日

去太邑，路过两个热点

想去太邑，摸着门路容易

到下关二号桥上车

上 320 国道一路向西

从天生桥南边下去

过桥沿路沿西洱河北岸下去

对岸是凤凰温泉度假村

这边一路都是沙坝鱼庄

沙坝鱼店你挤我，我挤你

不在路左边河岸上

就在路右边的山根脚

沙坝鱼用鲫鱼煮

掏空鱼腹内脏洗干净

塞满秘制作料煮

那种味美鲜的鱼，吃过会上瘾

下关人周末下凤凰温泉泡过澡

出水常过来吃沙坝鱼

沙坝鱼庄坐在地热上

西洱河风大，沙坝鱼名气不小

2020年9月11日

太邑，在大理市辖区内

彝族人的日子在山坡上打滚

太阳从东方上来

在山间高空裂缝里跟人打个照面

就从西方下去

这不是存在几百年的事情

南诏破灭血染晚霞

彝族就上山高坡陡的地方生活

这不是图风水清静

是历史上无奈的选择

为避免追杀离开坝区

南诏破灭，我祖先是这样

丢下锦衣玉食跑

跑入大山深处的鹿鸣，平静呼吸

太邑人祖先哪里来

完全不需要西洱河水落石出

家在这个地方

两面山高坡陡林密

夹一条扭曲的大箐流水湍急

太邑离下关不远

离下关一号桥十二公里

隶属大理市

凤凰温泉度假村对门

有大大小小的沙坝鱼庄

跑过大波箐八九公里
往左过西洱河上桥
再沿河向西跑过最后一公里

2020年9月11日

赶过太邑街，心回不来

兴冲冲去赶太邑街
结果，只带一个心壳离开
几天过去还在想
想太邑彝族兄弟姐妹

爱人赶街满载而归
还恨背包太小，不能应收尽收
她和闺蜜各买一兜背着
都还不放过两只手
左手一袋，右手一袋
木瓜一块一斤
板栗两块五，核桃四块
青苞谷一块五
瓜尖小嫩瓜一块五
毛豆一块五或两块
她们上车都忙着跟我讲
口口声声太便宜
两人开心如沸水
欢乐高涨，热气腾腾
不知我暗暗叫苦
太邑乡彝族兄弟姐妹苦
汗水泡出来的产品
上市　一斤的价格不如一瓶矿泉水

2020年9月12日

梦见自己是一条太邑汉子

别老在山上刨食，扒出洋芋

收捡不及时

就嘀里嘟噜滚下箐底

被西洱河水冲走

出村出箐去吧，去吧

去下关大理打工

每天抓个一百多两百元

月收三四千，是多伸伸手的事情

胜过卖千斤秋产品

下关那么近，城那么大

跟大理古城一体化

别荒废优势别错过时机

向太阳出来的方向走

带着蓬勃活力去

随便进餐馆酒店不成问题

或者自己把握命运

开一个民族特色菜馆

弄出孔雀东南飞，一飞变凤凰

不出太邑乡也行

约起姐妹兄弟

在绿色氧吧，就地热资源

彝族传统歌舞

传统蒸羊肉，羊汤锅

沙坝鱼，综合开发

请上级来人聚一口气发力

取下头上所有悬石

脚前拦路顽石

全炸开，做立项材料上报

争取批下来施工

该迁出滑坡地段的迁出

避免一夜埋葬好梦

筑牢容易坍塌的河岸

防止十年帮扶一夜冲毁

铺平河岸所有的坑洼

盛开朵朵农家乐花

实现一种别开生面的招蜂引蝶

赶过太邑街常做梦

梦见自己是一条太邑汉子

梦见有人指引自己

2020年9月13日

金点子

燕子飞走了，走村入户的来了
面对一地赤橙黄绿青蓝紫指点了起来

点白菜青花菜紫甘蓝西红柿
点红辣椒胡萝卜青苞谷
点瓜、豆、洋芋、芋头、红薯、山药
把两三块钱一斤的便宜货
点成卖价每斤二三十元
来人边点边说：老哥换个角度就可致富
这些土生土长的农产品
不施化肥不打农药
长在山野无污染的水土空气里
就地开饭馆卖熟不卖生
身价自然飙升，来人见木瓜继续点
把两三块钱一斤的木瓜
点成卖价每斤四五十元的金黄木瓜
还点明：木瓜炖乌骨鸡
祛湿，很受大众青睐
来人指点着院子说，开个农家乐
把农产品洗净入锅上桌
会香满一条西洱河
酒香不怕巷子深，美食
不怕路途远，不止过客停下车来
下关老头老奶顺着飘香来

年轻人节假日闻讯来

来吃环保时鲜蔬菜吃木瓜炖鸡

感受乡下的美好生活

来人指着院外西洱河说

将来发达再做大做强

挪开西洱河内的乱石搞漂流

奔腾的河就弄成欢腾的河

弄成由自己和乡亲驾驭的一条青龙

梦见自己是一条太邑汉子

梦见山外来人指点迷津

听着望着他亲亲切切的指点

心，一阵阵热潮涌动

他右手伸向哪里，食指点到哪里

随之，眼前就有金光闪烁

随之，我醒悟，我开窍

家里家外原来是隐蔽的金窝窝

来人仿佛是传说中点石成金的那个神

2020年9月15日

下卷

环绕苍山洱海的地方

一、祥云

滇西有片流光溢彩的云

白天悬荡在太阳唇边流光溢彩

跟随时令，更新一地霓裳

夜晚追月，追，跑进长安一个梦境

牵出一条追踪万里的缰绳

吉日，纳入大汉版图

做一片七彩祥云

彩云之乡，美名云南

名从县从郡从滇西之东覆盖全滇

像彩云覆盖的山河盆地

藏金埋银，还是一块五千里的彩玉

彩云之下，退隐山林的蜀身毒道

刮风，还是回肠荡气

云南城收储的七彩祥云

驮队带走一匹一匹又一匹

就是东南亚人爱不释手的七彩丝绸

东进西出的茶马古道

煮沸云南驿烘烤的普洱绿茶

香气一波连一波，延绵千里万里

好茶，好香……万水千山喝彩

赞赏声里，日新月异

公路，铁路，车水马龙

汉族彝族白族回族苗族傈僳族

着装，尽显湖光山色

水库星罗棋布，养人
水目山天峰山天华山清华洞
住着菩萨神仙，从来不用奔忙

亲爱的，走进七彩祥云的人群
来了，就有人不再走出去
你是七彩祥云的一个小公主
遇上你，我开工厂开公司开商场
依恋你，谁也带不走我的心

2019年10月23日

彩云南现，从来就不是传说

进入网络时代以来
滇西高原上，一个最早叫云南的地方
有人一次次拍摄到彩云
发在网上，惊艳过无数双眼睛

千百次出现的彩云千姿百态
不在一个套路上出彩，不千篇一律
或在太阳唇边流光溢彩
或就是太阳醉卧的一片轻盈的七彩羽翼
或就是一只七彩飞鸟驮着太阳
赤橙黄绿青蓝紫，交相辉映
缕缕光彩，鲜艳夺目
感染人间灵魂，致使一颗颗好奇之心
自觉不自觉地跳往时空深处
跳入汉武帝彩云之梦，追逐彩云之旅
在彩云南现的地方开疆拓土设县
是汉武帝一个多姿多彩的祥瑞传奇
县在云之南，美名，云南县
这是西汉元封二年的事
好奇之心若深入云南县志
还会见几行文字几次出现彩云当空的情景
好奇之心往返于历史的途中
还明白云南县改名祥云县之因
云南一名有覆盖一省之变
谁喊一声云南，响应的不止云南县
滇西滇北滇南滇东乃至全滇，都答应

彩云南现，是有天有地就有的事情
混沌宇宙中盘古开天辟地
上一板斧，开出一个漂亮天堂
下一板斧，劈出一块显山露水的地盘
位置独特的滇西之东的天地
上，太阳噙着飘然的七彩祥云
下，群山环绕三川五坝子
湖泊与植物，泛起彩云一样的烂漫
只不过开初还没有人类
清华洞旧石器遗址，新石器遗址
彩云再现，还没文字收录
从古滇王国，到白子国南诏国
到大理国，到后来的后来
人们忙于改朝换代，忙于躬耕
忙于挑土锅赶马远离三年两季荒
忙于誓叫旱坝变绿洲
都很少有闲暇抬头望天空
直至二十世纪末二十一世纪初
才有抬起头的闲暇
发现所生活的地方，彩云南现不是传说
抬头望见彩云心情无比好
不止欣喜一天，会高兴一年
彩云出现，当地人当作吉祥如意光临

2024年8月11日

清华洞，滇西第一洞

看透滇西山山水水
明白清华洞位居滇西第一洞
从前的黑白洞
白是天光照达的地方
黑是藏宝的深处
洞外小村因洞得名
众所周知，上中国地图

洞内藏过梯形石斧石锛
长条形月牙形石刀
曝光时暴露出人工打磨痕迹
藏过陶罐陶纺轮
碎陶片，炭屑，火烧土
让后人看见远祖
在一堆火上煨水煮肉
在纺粗线织粗布
钟乳石隐藏着几代洞主的面容
洞内藏着神话故事
洞，一度被蚊子精占领
吸人血吃人肉
留下石化白骨立着、挂着
悟空跟唐僧西游
路过云南听见百姓哭诉
入洞灭妖，洞内太黑

怒起，一棒捅一个天洞
洞内有风有传说
迎风弯弯绕绕可达弥渡

几天前文友探秘发视频
洞，不再是黑白洞
洞口摩崖题刻照样还在
洞内光彩十分迷幻
那些隐入石骨的灵魂
开始暴露一些真相
红红绿绿，恍恍惚惚
虽光怪陆离，也是灵感闪现

2023年3月3日

祥云有座钟鼓楼

祥云城内的钟鼓楼很高

以前在明月清风里

曾是几代祥云人在外拍胸脯的骄傲

咱们祥云有座钟鼓楼

半截伸在天里头

初一去烧香，十五才下楼

把民谣讲得让一个个外乡人心痒似猫抓

以往外地人转山转水来

滇西各地来的

出交通咽喉清华洞往左看

昆明楚雄方向来的

来到晒经坡往右看

见北边远处一座钟鼓楼

高高矗立在城池中

都明白路过的这地方是祥云

岁月跨过二十世纪祥云变化快

山变绿，村变大

县城变大六七倍

步步走向市级规格

城内的钟鼓楼

隐身在周围群起的高楼下

有个发小是海归

二十世纪中叶出去几年前摸回来
不领到钟鼓楼前
不相信回到阔别已久的祥云

2022年12月4日

王家庄，一个吸引人的地方

王家庄从前有人去

冲着三英寺去，领会桃园三结义

读书，有人启蒙

那是下川坝子孩童向往之地

冲着碱地去，挑碱走四方

那地一泡水一晒干

就是一地不会融化的冰霜

冲着一眼温泉去

去泡寒心，去解乏，去洗白自己

王家庄现在有人去

县内县外，州内州外，省内省外

有人冲着一门三杰故居去

村中那个四合五天井的民居里

走出王复生王德三王馨廷三兄弟

二十世纪跟着李大钊

在漫漫黑夜开太阳出来的路

三兄弟一去不复返

天亮有人醒来去寻找

低头见，老三骨肉埋榆林

老二骨肉埋昆明

骨上有弹眼，是黑势力的子弹打穿的

老大骨肉埋在齐齐哈尔

骨上有日本鬼子打入的粒粒钢钉

抬头见，共和国的旗帜上
有他们血染的风采
现在去王家庄的人络绎不绝
去瞻仰一门三英烈故居
让自己的灵魂融入红色灵魂里

2022年12月18日

红军走过祥云古驿道

红军长征过祥云，兵分两路

快，必须用闪电形容

那时没有公路脚踏实地走

一路走秦五尺道，从楚雄南华来

过安南关云南驿青石湾

百里路上翻山越岭走村过铺

神不知鬼不觉

拂晓攻下固若金汤的祥云城

百姓看见红色五角星

另一路走楚场古驿道，从楚雄大姚来

穿地缝闯人头关

夜宿河谷内黄草哨

天亮，彝族老乡出门

见遍巷道是红色五角星

红军来神速走也神秘

几十年后跟红军走的人回来说

两路人马深夜开拔

走宾川过鹤庆马不停蹄

到石鼓渡过金沙江，北上抗日

祥云两条古道走过两支红军队伍

是两条闪电从其中飞过

有电沉入沿途路心

几十年后一波波青年去走红军路

去充电，有红色基因
踏上野草收藏的古驿道
就触及石板路心收储着的电波

2022年12月25日

云南驿出过上万名抗日英雄

云南驿，现在一个小地方
不只最早叫云南
还出现过上万名抗日英雄

父辈以往从云南驿过
听得见寻儿的母亲凄凄惨惨的哭声
我从事历史研究工作那些年
反反复复走进去
反复见过成千上万抗日英雄
我看得见往年的他们有军人有民工
其中民工扩修飞机场
百十人拉大石碾
三四十人拉小石碾
石碾子滚滚
成群压向逼近的日本鬼子
日军的飞机来袭击
投弹轰炸，低空扫射
倒在血泊里的民工
身上还套着拉石碾子的大麻绳

这一批倒下另一批上
抢修炸毁的飞机场
我看见我们的飞机如雄鹰冲起
运远征军运抗日物资

飞缅甸，飞越驼峰，飞印度
看见我们的战机
迎着日军飞机冲上去
打得一架架日军飞机冒烟
我去北棚蚂蝗箐
哭过万人坑里的死难民工
我去清华洞山包上
拜过援华英雄莫尼中尉纪念碑

2023年1月12日

地名古怪的地方深藏奥秘

爆发的开山炮冲天绽放过

都有一场大大小小的石雨落下

锤敲錾子叮当叮当响起

青天白日里响成一团

龙山下有一只用青草做睫毛的龙眼

暗流日日夜夜淌出来

龙水灌溉的地方地名古怪

叫大波那，白语音译

岛勃脑，意为大首领所在地方

大波那响声不同凡响

公元一九六四年春天低下头

发现地府深处有金房子

是一口举世无双的战国铜棺

还有青铜权杖青铜剑

我俯身到历史长河中探秘

碰上铜棺墓主庄蹻

他率兵征服西南百万大山

后路反被大秦切断

回不去就地称王举滇国大旗

将夜郎放入长子雄掌上

建宁交与次子超

三子浑 ① 就地做品甸王

_____

① 三子浑：来源于祥云地名传说。

统治滇西及更远一些的地方

品甸就在当今滇西祥云境内
浑在位，筑品甸海
浑水海，浑水海名浑水不浑
大汉入滇，滇国灭亡
今凤仪双廊宾川祥云弥渡
归益州郡云南县境
日久天长大汉鞭长莫及
滇西大王小王出头露面称霸
大波那白子国雄起
白子国南诏联姻联手
南诏一气吞下五诏江山

斗转星移大波那缩小成村
起房盖屋修路造桥盯上龙山
取龙骨做建筑材料
等我从历史长河中上岸
抬头见龙山在闭目养神疗伤

2022年3月30日

水目山的一些内在意象

知识面宽广起来

低头抬头的瞬间

很多事都在看透里明白过来

来，信不信佛没关系

都见一个地盘内

水目山以神以形显现的弥勒佛

笑哈哈地在彩云之南

看过一座大山的形象

上山转身又面对一派奇观

左有象山右有狮山

远处万千大山俯首朝拜

回头看见锡杖泉

低头见水目里的开山祖师

见南诏一心深远

化解大大小小鬼主的思想

直至一统万众信仰

抬头见三千和尚八百尼姑

四方来朝从者如云

六诏大王小王前来问道

低头见五祖的影响

大理国皇帝、皇亲出家上山

担当上山受戒

贤达一个个上山访僧

低头见吴三桂卷起嚣张下山
徐霞客反复上山
抬头见林则徐上山留墨
点点滴滴渗入一块石头中央

上北岗抬头见佛塔成林
遥遥与嵩山塔林对应
低头见血肉生命　没一个永远
抬头低头一瞬间
万事万物千变万化
唯见天地在，水目山自在

2022年3月31日

二、宾川

给鸡足山写诗，笔悬空中

许许多多形形色色的名山
见过上过或听说过
提笔就写，收笔
就落纸上，高高耸立着
唯有宾川鸡足山
上过，住过，睹过光
喝过玉龙瀑布水
吃过米饭吃过林中冷菌
吃过岩白菜树胡须
写，提笔老放不下去
悬在空中，墨，欲滴不滴

你来爱读关于鸡足山的诗
读过所有还没一首是我的
你读我也找着读
可惜还没读到像样的
要么似像非像　要么
只像皮毛，不解饥渴
你走我告诉你鸡足山的伟大
岂容人轻易把握
几百几千首诗，写不尽
雄、奇、幽、秀、险
况且还有教你向上向善
那内在博大精深的修心方法

2023年3月6日

四千年前的白羊部落

从李相村去从前的白羊部落

趁那里的人还在睡

扒开一个高墩子

借出新石器石斧石锄

土陶罐土陶盆

取水稻小麦小米炭化种子加工

再舀来桑园河的水

连米带水放进心火上悄悄煮

煮一首成熟的诗

再采高墩子四周的野菜

炒些新鲜的诗意

给现在的白羊新村

给一直善待来宾的宾川人

由白羊部落归来

有人大惊小怪

愣种，跑去从前的白羊部落

那里的人高两米

如若惊醒过来

把你踢出长江上游地区

或拿你祭谷神

我哪是外敌　我笑：

他们用石臼做帽子深戴 [①]

_____

① 石臼做帽子深戴：当地俗语，比喻以最高礼节待来宾。

干栏式的垛木房里
石锅焖羊肉，炭火烤羊肉

2022年3月27日

摆在宾居街上的几件古董

宾居不是一个寻常的小乡镇
坐落在洱海东岸的宾川
是越析诏故地
其中宾居是越析诏都城
不止如此，顾名思义
宾川还是宾客过往的大川
宾居还是来往客商投宿的地方
走遍滇西茶马古道
东支线穿过宾川腹地
岁月深处的宾居街上
早晚人喊马嘶，铃铛叮叮当当
晚卸驮，卸下一身暮色
点亮马灯喝酒打牙祭
早，牵马出厩，上驮出发
北上，驮着普洱茶
去丽江，去香格里拉，去西藏
南行，驮着牦牛肉
驮着永北瓷碗瓷碟
去彩云之南　去西双版纳，去普洱
时过境迁　古道让位
宾居小镇也非同一般
街上摆着的古董，件件是宝
马店大院、李氏宗祠
家训坊、文昌宫、清真寺

是申报中国历史文化名镇的要件
一个个饱经风霜
可惜件件是明清建筑
若有越析遗迹，那就了不得
随便一件，都价值连城
这儿的清真寺，中国式古楼建筑

2023年5月9日

六七月，龙游宾川

六七月，游过碧波洱海
游龙腾起，翻越东岸几重山峦
游入坦坦荡荡的宾川
游入一片不小的绿海
龙，随意游行一条缝隙
其中城镇村庄，大岛小岛一样
绿海不深，深不过两米
水泥桩成行　铁线成网
绿海不小，几百平方公里
随意游行于其中一条缝隙
天，绿，绿成一大片
绿绿的天顶下，前后左右
碰着海底泥土的细胞
都会跑上藤结成大穗大穗的葡萄
高高低低垂挂身边
阳光透过缝隙照在果子上
就有繁星灼灼的高光点
红的美名红玛瑙
粒粒浑圆，剥了壳的荔枝大
紫的，粒粒食指大小，食指模样
美名紫玉玛瑙
数粒，每穗少则八十粒，多则一百多粒
称重，每穗重达一公斤
若偷偷地吃上一粒
甜入心，就大快朵颐不松口
其实，粒粒不是野生
游龙偷吃，我的心就疼
心疼，粒粒皆是果农的心血

2023年6月10日

人生百味，我多一味朱苦拉

你有人生百味，我多你一味
几年前走进大理读吧
意想不到朱苦拉入心入肺
暖暖的，香香的
从一双温暖的手上端来
主人的热情热气腾腾
来，品一杯朱苦拉咖啡
产自宾川的平川
是百年前外来种子的后裔

大理地区也产咖啡
这是你我此前闻所未闻的
不是缺少宣传广告
就怪你我孤陋寡闻
大理读吧的意外收获
从此，我人生有一百零一味
突破无知，突破原来的观念
咖啡不止来自国外
也不止来自见识过的潞江坝
喝过朱苦拉咖啡
会思考平川生产朱苦拉的环境
想一坡一坡的山坡坡
高温里朱苦拉一树树
想得多，会神游

明白朱苦拉在彝族同胞嘴上
是弯弯曲曲的小路
九十九道弯八十八个坎
咖啡生长在这样的地方
就取名朱苦拉
也说明平川不全是一马平川
也有这凹凸的山区
凸是大山，凹是峡谷
谷里渔泡江，山上朱苦拉村

2023年4月9日

由来已久的宾川恋情

缺吃少穿的童年就爱恋宾川
源于吃过听过宾川的东西
第一次吃宾川柑橘
感觉宾川是圆圆的金黄的
内心是软软糯糯的甜
第一次听说宾川落地松
感觉宾川是粒粒红、粒粒香
第一次听说宾川长棉花
感觉宾川是暖和的小棉袄
吃过听过就向往宾川
梦里就有跑宾川喊宾川的现象

梦过喊过长大行走过
上鸡足山放长视线钓诗和远方
祈愿,生活如愿
现在过日子爱宾川落地松下酒
爱约七八好友下馆子
下宾川人的饭馆
吃传统的、创新的风味
进饭馆我就喊
老板!煮三斤海稍鱼
上六碗霸王羊肉
蒸的、黄焖的、清汤的各两碗
外加落地松一盘、小菜一碟

钟英小甑酒两壶

饭后上水果也上你们宾川的水果

柑橘，西瓜，葡萄，火龙果

随便上来一样都行

我姓茶，茶免泡

有朱苦拉咖啡吗？最后来一杯提神

2022年3月24日

三、弥渡

南诏铁柱，高举过一方春秋日月

把刀枪、瓜锤丢进熔炉
炼成一摊铁水
浇铸成一根铁柱竖起来
支撑起一片南天
让士兵们放马南山
回家种田种地
上养父母下育儿女
这是远祖干的一件大事

他在位的时候，大国小国林立
洱海周边有白子国，有六诏
当今宾川是那时的越析诏
祥云县弥渡县
是那时白子国的地域
远祖，说的是白子国最后一个霸主

他不愿打打杀杀
不愿继续坐江山
来定西岭下跟南诏王结盟
让三公主嫁给南诏王
把国土交给南诏王
自己回云川大勃弄 ① 养花
养鸟，打猎，喝酒

① 大勃弄：现在的大波那。

听金翅鸟唱歌

三公主，细奴罗

出猎，就上宫殿后的龙山

2022年12月14日

《小河淌水》的能量

亲爱的，听过《小河淌水》
你说，打动世界
何须万千雷霆
只需几个滴血滴魂的句子
只需《小河淌水》
就能够触动世界千万条神经

小河淌水源在桂花箐
箐有两棵参天大树——金桂、银桂
山有满腔装不住的爱和情
从前一汪白月亮
沉醉在堆积翡翠的大山的心怀里
天天流露挚爱　真情不息
带着月光那样的纯、那样的亮
百折不挠淌出去
淌出去有桂花的色彩、桂花的香
淌出去，淌出去
流入密祉感染一串响铃
淌成赶马调，放羊调
流入妹子心窝窝
淌成跌宕起伏的望山调望郎调
调子穿过刺蓬蓬里的路
小郎哥，妹挂肠挂肚挂心肝
流到尹宜公指尖尖那一天

《小河淌水》脱颖而出
鲜活起来的曲子有新词有灵魂
扇扇翅膀追着清风飞起来
飞出千山万水的云南，飞出中国
触动万千神经　世界在感动
《小河淌水》浸润许多心
照亮在夜空，就是满天的繁星

亲爱的，你说，我信
跟你深入《小河淌水》的故乡
那里漫山遍野都是诗
有打动世界的句子
感动世界的《小河淌水》
有世间情爱的精神灵魂
走，快走，跟你去用心感受

2018年4月29日

伸手相牵，就是人间天生桥

亲爱的，来到今世今天
走过弥渡天生桥
自然想起你我从前
那一世，那一天，那一次

那一世，住在清华洞
清海湖水弥漫洞口
你我相依相随打鱼逃生
日复一日不闻别的
只静静生活，默默繁衍

那一天，丢下顾忌妄念
出洞追着礼社江跑
你在江那边，我在江这边
边跑边笑边呼边应
时不时牵牵手
你伸手过来，我伸手过去
江水在相牵的手下咆哮
渴了，你我都喝一口江水
饿了，你我都捞一条江鱼
全然不想任何事情
只为释放日复一日的沉闷

那一次，山洪暴发，江水凶猛

众多人畜困在江水两边
夜间，你我心灵共鸣
江岸两边的你我同时伸手相牵
不动声色地站成两座山
白天，过往人畜络绎不绝
还日复一日连续不断
日久天长，你我灵魂出窍
去游大千世界万水千山
留下牵手为桥的躯体不闻不问
这次出手只为人间
牵手，即成永恒的雄壮之美

那一世，你我一念伸手相牵
成就人间天生桥
这一世，你我灵魂有着落
重来做人做伴侣
这一天，你我来弥渡
姓名带山的我，带玉的你
不声张，悄悄地来
看看那一念定型的模样
牵牵手从天生桥上走一遍
不想停在功劳上享受香火
只想激活细胞里潜在的精神

2018年4月29日

小呀哥，来，我说给你

跟弥渡十大姐里的姐妹结连理

有祥云哥们勇敢入赘

我去天生桥

杨哥赶小马车送；在下关去赶凤仪街

李哥卖菜我买菜，讨价还价

听口音，认出是老乡

喜欢不住。我问日子苦不

都说过着养眼养心的生活，甜蜜喜乐

弥渡十大姐娶也娶不尽

娶走二姐四姐，去弥渡花灯广场

或上采茶岭　又见

数一数，还是十大姐

这还不算太出奇

惊的是出色，依然年轻美丽

赛过鲜艳茶花朵朵

几十年过去再见还是当初美丽的模样

个个还是年方二八，那个子

那身材，么格三啧啧 ①

标致，都是按着天仙标准生长

头等大事更叫绝

脸蛋，如含苞欲放的花蕾，娇羞

转身，脑勺下脖颈上

———————

① 　么格三啧啧：云南方言，赞叹的意思。

个个别着一朵开放着山茶花

及腰一条条长辫子

在婀娜多姿的舞动中摇曳着风情万种

次次见她们都穿鲜红姊妹装

都把或粉或绿的扇儿舞成旋转的花

她们每次都唱不更改的歌

都把十大姐的不同特色

如小河淌水一样把深情表述

让我一个外乡人动情

按着怕跳出胸膛的心问自己

何时能成为十大姐中一姐

亲亲喊小呀哥，羞羞答答诉钟情

小呀哥，来，我说给你

三姐那个么生得嘴儿乖哎

九姐生得十指尖，爱，抓哥小心肝

2024年2月16日

去雾本赴一场桃花的浪漫之约

你去我去大家赶去，不一般见识
面对千亩桃林十里桃花
把心放在细致耐性上另眼看待
这些灼灼其华的桃花
只要不一般见识最好
就不是其他地方那些桃花样

滇西高原昂扬着万千大山头颅
万千张笑脸，雾本桃花
就是其中一张笑脸上一个酒窝内的明艳开放
桃花簇拥的桃花潭
是酒窝深处一汪粉色花晕　荡漾
雾本桃花烂漫
不只是这一片大地这张笑脸上
这一个酒窝内开放的
还有雾本女子张张笑脸上开放的
桃花节个个笑盈盈出门来
若不上舞台便潜入桃林
桃花朵朵，张张笑脸，亦真亦幻
若雾来迷恋久久不散去
或你我大家不主动撩开雾絮
就休想明辨是非
雾本桃花还不止开在女子笑脸上
雾本女子爱桃花

山窝绽放过　笑脸上绽放过
就抓来三月太阳放射的七彩光线
把桃花绣在蓝布白布上
穿在窈窕的身上
让开在胸口，开在腰身的桃花
任其走到哪里都四季烂漫

2024年2月14日

心怀太极顶山 ①，一身硬气

有人去弥渡上过太极顶山

回来与众不同

说出来的话硬气起来

做的事硬气起来

连背影也是一身硬气，真的

我看得清世上的真情

看得见胸怀太极顶山的心

心怀弥渡太极顶

躺下去看得见开山祖师

由滇东至滇西

踏过的山一脚一个窝

来到太极顶山

踏下去的脚弹起来

看得见祖师驻足开山

山是石头山

殿是石头殿，佛是石头佛

寺墙寺内台阶是石头

石块上的图像不灭

唐僧师徒取经，八仙过海

雪莲花儿开

祥云朵朵捧日月

---

① 太极顶地处弥渡、巍山、南涧三县交界处，山顶和东坡大部属弥渡，西坡属南涧，北坡属巍山。

心怀弥渡太极顶山
站起来也像弥渡太极顶山
身有支撑磅礴山体的傲骨
温润柔软依然在
十二溪流在十三条肋骨间

2023年1月5日

四、巍山

魁雄六诏的拱辰楼

初次看到太震撼，高大
有一些北京天安门城楼的模样
那时年轻时间有限
只在去下关的途中路过弥渡
没见过高楼大厦
电视这个词还没出现
看北京天安门城楼
是从课本上电影纪录片上看的

前两三次去看拱辰楼时自己胡子不长
感觉南诏王胆大
造出北京天安门城楼模样的城楼
红色的高高墙体
像众多血肉堆砌起来一样
太霸气，大书"魁雄六诏"
第四次去目光透入墙壁之内
明白楼是洪武年间建
六百年风风雨雨，来来去去
高大雄伟的拱辰楼
井字结构 一座城
二十五条街道十八条巷子
数千房屋数百四合院
明清特色不变
城是宝，是国宝，古典

名叫巍山的坝子
像四面大山的胸怀
怀里的拱辰楼突出，能万里瞻天

2022年12月7日

东莲花村　东莲花村的女子

你常常把最美的境界归在天上
楼宇，天鹅，仙鹤
包括年轻女性　包括穿戴的
包括天籁之音
从小看电影　看见
这一切这一天你亲自看见、聆听

你来到巍山坝子的东莲花村
一束阳光从云层射下
落在建筑群上
见到的是一个个漂亮金顶
翘角飞檐是金翅膀
三面环水的水面起雾
从一枝枝莲花骨朵下腾起
缕缕飘飘荡荡的白雾
见到的楼阁感觉在云海之上
靠近莲池白鹭惊起
穿云破雾一样直上金顶
进村遇见小女子
从一个个庭院里出来
头上包着彩色纱巾
她们面带笑容擦肩而过
十八九岁二十岁
那身材那面貌　美

像一枝枝出水的秀气的
才露尖尖角的荷
她们相继跟你打招呼问好
口音，软软的、绵绵的
让你感觉真的是天籁之音入魂

2022年12月11日

千年命脉流下来的一滴命脉血

与生俱来做过的梦
跟自己头上生长的长发短发一样
数不清，包括梦回巍山

梦回巍山醒来都流泪
泪，不是梦见远祖称王称霸一方
群山纷纷俯首称臣
高呼万岁而流的那一种泪
是梦见一场盛宴一哄而散
残阳落山那一滴泪
是为落难的远祖流出来的泪
南诏宫廷风云变幻
蒙氏家族八百人头落地
及时放弃锦衣玉食的
逃往偏僻的山野改名换姓
做了姓茶姓字的不动声色的平民
任由寒风钻入骨缝
暗暗刺出尖锐的疼痛
走出二十世纪的我
是茶姓这条命脉流传的一支

有生以来几十年
回远祖的故地巍山还不上十次
不是千山万水路途遥远
以往所在的祥云，现在所在的下关

距离巍山都不远
也不是不愿多回去看看
是生活从来不让自己随心所欲
回远祖故地巍山心情愉快
巍山坝子一团和气
古城繁华，游人如织
其中三次去祭祖
上巍宝山，告慰祖宗
现在后裔的每个日子都是蜜
中华民族就像大红石榴
内里颗颗红心紧紧抱在一起

祭祖，自家去，妻子儿女随行

写于2019年3月，修改于2024年11月4日

南诏故都，茶与茶姓人的根 ①

喝茶品茶种茶采茶制茶运茶贩茶

哪国哪族哪一个姓

抓一把撒向天空，都飘香　都多如繁星

亲，从来就是这样

单单运茶的，中国西南

悠长的岁月中踏出蜿蜒数千里的茶马古道

骡马响铃响彻群山

时至今日，"一带一路"万里茶道

继续香彻大千世界

这么大一个圈子，祖国若不点名

很多人想不到还有罕见的茶姓

血脉却是滇西高原里的一条条河

流在巍山、南涧、弥渡、祥云、漾濞

永平指缝里，保山指缝里

有千年不脱离以茶营生的种

以不涸的血液洇染大山一片片的绿

拿一代又一代青春

滋润天下广大干渴的心田

还从有茶姓那个日子说起

潜在大山深处不声张的祖宗创造过曾经的辉煌

滇西茶姓字姓同宗同族

都是南诏蒙氏彝族人

---

① 龙润茶杯全国百名诗人写百家姓获奖作品，载《诗歌地理》2022第1期，原名《茶：茶和我们茶姓人群的主脉》。

南诏九万五千里江山易主

王室蒙氏改姓避难

姓茶姓字，隐入山林，种茶采茶

不念以往的锦衣玉食

只念后来融入华夏大家庭

念民族团结日子过得滋润

还有后人如茶清香沁入万里天地

2021年3月4日

不是一场鬼使神差的浩荡大雪 ①

已是三月第二十四个日子

热起来的云南一方

有一场震撼心灵的雪景

千树万树梨花开

根本无法形容

放大十倍二十倍

也无法估量这样一场壮观景象

亲爱的，今天不来看

最近三五天来

还来得及，再过十天半月

鬼使神差的浩荡大雪

千亩万亩十万亩的雪景

自己不想散场

性子火暴的苍天

也会抓起来收场

将场面让给一统天下的绿色

亲爱的，你来跟你来

坐着车子跑来

千人万人开车来

钻一条峡谷

进入大雪覆盖的大山现场

十道山梁十架山坡

---

① 2022 年吉尔吉斯斯坦拉希姆·卡里姆世界文学奖获奖作品。

十个山坳坳，都是雪
白茫茫几十里
仿佛就是苍天的杰作
抓起一卷卷白云
来这里一口气抖尽白雪

耳听总是虚，眼见才为真
真是万亩十万亩梨花
不是鬼使神差
铺天盖地的一场白雪
真是朵朵含芳　树树梨花
藏在巍山县境
羊脂玉一样的花世界
马鞍山的表白
是万千彝族儿女的万千心意
栽种在山上
长在云的梦里
年年三月浩浩荡荡开放
虽自己从来不声张大洁大白
这些年也有外人发现
也有万千采风的
有雪狐转世的妩媚女子
有爱素的花痴
前者来了抓拍晒美照
后者来了，醉倒在梨花雪魂里

2019年11月

那只叫我穷追不舍的雪狐 ①

这些年，雪狐再现
喜欢出入梨园
三月梨花的飞雪
九月雪梨甜
这一世，再现的雪狐
转世为人
是穿白衣的妩媚女子
那一世，遇见
是梦中的一次遇见
一见惊艳
就叫我穷追不舍　不舍

追着，追着，世世追
那一世那一天
雪狐忽然隐身不见
让风带来信
说，终有一世在梨园
让雨带来信
点点滴滴皆哭诉
说，缘在苦尽甘来日

上一世，我早早死去
这一世，我早托生

① 2022 年吉尔吉斯斯坦拉希姆·卡里姆世界文学奖获奖作品。

年年跑梨园

那一天，跑到巍山马鞍山

万亩梨花似漫山雪

传说中的雪狐

果真游在梨花大潮间

她在抓拍晒美照

说，姻缘已经过期

怪只怪你这一世早早出生

2019年3月29日

五、南涧

游览南涧土林，最终还是想到你

来南涧土林，想到元谋土林
陆良彩色沙林
都是不屈的万千灵魂

我是世居少数民族后裔
你不是，亲爱的
滚滚过去的两三千年
你的祖先，你表妹的祖先
发动一次次南征
那庄蹻入滇
大汉开疆拓土，设郡置县
诸葛亮七擒孟获
大唐天宝战争
忽必烈的长鞭
南京应天府三十万大军南征
我的一代代祖先
及其随身的刀、剑、枪
坐骑大象骏马
被卷土一批一批埋葬，埋葬

埋在红土地里的祖先成批成群
人死，灵魂不死
雷霆一响过，大雨一下过
不死的灵魂就醒来

就破土而出
就站立成顶天立地的模样
还有怒指苍穹的刀、剑、枪
坐骑大象骏马
都复原成阵成林
以及原来的呐喊，后来的风声

亲爱的，不死不屈的灵魂
只服和平解放团结和谐
像你征服我一样
不像你的祖先征战我的祖先
你给一个眼神一个微笑
就紧跟你走进一个个春天

2019年2月13日

冬至，跟春天跑上无量山

冬至我们去南涧无量山过
不会遇不上烂漫的春天
去，你欢呼感叹
出走的春天没有走远
原来是跑来无量山过冬至

我不信神，却起疑心
是不是无量山真有过神
真有神住过
或是神州一角神的女儿
在冬至日子里
造就出一山绚烂的春天
亲爱的早上从下关冷风里出来
中午到春天里
走在一垄一垄绿茶间
大团大团的樱花下
走在山谷山坡山巅
擦一把汗，有粉色的樱花
趁机潜入笑脸
神游的我一路追随过来
跳上高处俯视
见山上山下一弯弯茶垄
似绿绿的涟漪
由下至上螺旋式弥漫
见其中万树樱花
都是落在树冠的彩云绚烂光鲜

2022年11月20日

无量山上的宴宾大观

大森林包容的大寨里

穿黑羊皮的男人　穿五彩云裳的女人

宴宾，上菜礼仪震撼上天

亲爱的，你去做客

锣响数声，大号小号齐鸣

上菜的阿哥阿妹

在欢畅的芦笙恋歌里舞蹈出场

把规矩顶在头上、衔在嘴上

规矩是方　是圆

方是托盘，圆是盘内八大碗

他们时而蚊子搓脚

时而鹭鸶伸腿

时而金鹿望月，时而仙鹤吃水

他们翻转跺脚，大步舞盘

大有翻天覆地的气势

他们旋转自如，花样翻新

亲爱的，你拍手叫好

兴奋中，不知自上而下的大碗

来到面前餐桌上

口功送菜，阿哥紧衔两柄铜勺

勺上各放一碗大菜

兄妹送菜你惊呼　你叫绝

阿哥两手托盘

阿妹反坐在阿哥背上

口吹唢呐头顶托盘

路过的流云一缕缕跑来

在阿哥脚上缭绕，妈呀，你喊奇

做客回来你津津乐道

无量山的阿哥阿妹已下山

把宴宾上菜舞蹈跳出高原

电视上你见功夫了得

方桌衔在嘴上，桌上摆大碗

还在人头上站人，直至叠加成一座罗汉塔

2022年11月23日

南涧太极顶山的风竹

丢下千事万事长途跋涉

到一个地方

不达到一个什么目的

也要有点收获

不该是稀里糊涂过车瘾

来到太极山西坡下

不要后退

上！亲爱的，一个女子

不愿你在磅礴的山体上

高耸入云沾惹霸气

藐视一山十二溪流十三条分脉

只望你从中汲取秀气

那庞大的竹林

在滇西乃至云南是罕见的

不信过后走走看

看看哪还有一山竹林

更别说品种

圆的扁的空的实的样样有

黑的黄的紫的绿的

俊秀各异。金竹、刚竹

紫竹、毛竹、细竹

你随哪样都可取

都不居高自傲

风吹玉竹，秀气爽心

你获得一样都好，不枉走一回
我反对任性乱写乱画
来太极顶山，面对层层叠叠
遮天蔽日的竹林
允许你放开喉咙大喊一声
我来了，到此一游
只要声音穿过茂密的竹林就行

2023年1月4日

南涧有种好吃的，是阳光月光交融而成的

千万个日子如千军万马一样
一个跟一个来了来了　过去了过去了
其中没几个去南涧　在南涧
虽隔山隔水不太远
目光每次抵达南涧县城
都珍惜难得的机会
细细扫描每条街每个摊点
瞧见金黄色的小吃摊
决不放过，吃一碗
就有一种到了南涧的心满意足感

南涧有种好吃的好东西
太阳光月亮光交融凝结而成
出锅放盆里凉透定型
再倒腾在垫了白纱布的筛子里
金黄层嫩黄层反复交替
要，方方正正切一块
再划成一片片划成一条条
放入雪白陶瓷钵头里
至此不仅散发出非同寻常的香
还透明鲜亮
如此放上葱花芫荽芝麻
辣椒芥末花生碎木瓜醋酱油
坐摊前吃起来　吃下去

吃着嫩黄层次的，软滑凉爽
吃着有嫩黄层有金黄层的
整张嘴巴整副肠胃一个劲叫
香！特别是嚼着金黄层，叫奇香

南涧这个好吃的东西叫南涧黄粉
净拿豌豆磨面做出来的
豌豆在秋天种下地　在冬天里成长
开花，紫蝴蝶白蝴蝶挤上枝
把阳光月光收入内心
三分地也集结亿万颗籽粒
豌豆，其他地方也生产
做黄粉，带着阳光月光的香
抓不住，大量在指缝中流逝

2024年2月17日

公郎，在我年少时就入耳入心

公郎这个地名，入耳入心
比其所属的南涧县名
早了几千个太阳轮回日
我年少时
就常常耳闻目睹村民搭车跑公郎跑景东
盖房子修路
祥云不产甘蔗
农忙时他们回来就带一些回来
给在家耪田辛苦的亲人一点甜

南涧县名，读师范才知晓
班里有南涧的同学吴宝秀、李树根
南涧县城至今去过六七次
第一次在风华正茂时
学生军训拉练，哨子一响
梦中跃起，叠被子打包
跑步集合，离开途中驻扎的苴力
沿河谷走两岸山梁交叉口
像剪子口一样的几百个山箐口
直至太阳照亮南涧一中
以后进南涧城几次也没进公郎街
公郎，几次坐车擦身而过
擦得心疼，擦出念想发作

公郎，南涧，其名字入耳入心
于我而言，如恋爱一样
先晓得姑娘后认得其母。公郎
擦边路过终理清概念
这河谷盆地形势走向
活像一条海上的行船
不在海拔二千八百一十米的碧波之峰
在坦坦荡荡的绿浪谷
虽不知这条船何时驶来
却明白跟我一起驶过了几十个年轮
至此，公郎的历史记在心
水稻苞谷小麦，鱼虾
公郎街上，老街老院子老式房屋
新街新式钢筋混凝土楼
街天茶叶洋芋牛肉飘香，人声鼎沸

擦河谷盆地周边而过
桫椤、钟萼木、长蕊木兰
水青树、大叶木兰、红花木莲
灰叶猴、黑长臂猿
熊、猴、豹、绿孔雀
所有植物动物，从未惊动过

2024年2月19日

六、剑川

敬仰剑川高出地面的一种高

你进入滇西北的剑川

不言自明所见是剑湖石宝山雪斑山

剑川古城沙溪古镇

心有念想，眼前不可攀越的

是敬仰剑川高出地面的一种高

这高不是楼房大树

你进入红色纪念馆翻阅红色文献

从中认出一个人，了解其人生历程

知道这人姓张名伯简

像我家乡祥云有王复生王德三

有一种高出地面的高

当年张伯简离开剑川

在远方转来转去

跋涉着，奔波着

目标跟其他热血青年一样

为中国寻找出路。寻找着

跟着地球围绕太阳转

转过二十八圈，竭尽全力，最后牺牲

张伯简离家乡再远

离开人世再久，也离不开剑川人的心

他的人生经历

有着他不朽的精气神

想认识张伯简的小朋友

跟我走入红色文献的字里行间里
我们轻轻漫步其中
不仅可见到他旅欧勤工俭学的身影
还遇见周恩来邓小平赵世炎李立三

写于2024年2月24日

穿越剑川古往今来三千年

你盯着封面的时候
我已跑入其内页穿过三千年
在海门口望风云
响应伐纣号令的濮人
集结于剑湖边上
从剑湖抽起青铜剑冲锋
道道闪电呼啸出滇
回头见七十二年前的大事
情景极其相似
剑湖边上人们奋起
做张伯简曾经做过的事
从剑湖里抽出一把把刀来
砍向当顶的黑暗
劈出一片亮晃晃的蓝天

内页中我遇见南诏工匠
抽起剑湖里的利剑做凿刀
凿开石宝山的石头
请出石头里的神
让络绎不绝的世人朝拜
凿一段段枯木
让隐入其中的花鸟龙凤再现
内页中我遇见赵藩
从剑湖里抽笔写字

看过成都武侯祠攻心联
你更明白，从剑湖抽起来的笔
笔走哪里，哪里出彩
封面及其内页
五光十色，异彩纷呈
叫你目不暇接
甸南沙溪茶马古道出新
游人听不见马蹄声
按响大巴的喇叭你才回过神

2021年11月18日

在剑川古城里浮想联翩

如果真有天街，必有这一个段落
照样把剑川古城搬上去
有壕桥流水，有剑阳楼、谯楼
七曲巷四合五天井何宅
五马坊明代古院张宅
赵藩故居光禄第，威将军府第鲁宅
西门赵宅，南门三苏院
周钟岳、赵式铭故居
这些宅院内住着的小神大神
是剑川建城时的能工巧匠
明清以来颇有声望的造主
他们有才，上天不拘一格吸收
做工匠的继续做工匠
发挥精湛工艺，精雕细琢
让每块材料空灵有魂
呈现龙凤仙鹤繁花彩虹，斗拱雄风
让玉宇琼楼不断壮大壮观
满足源源不断的来者
是思想大家、文化大家继续发扬光大

上去的上去　一去不复返
留下老宅做文物，后人过了一生上去
深入神气十足的云里雾里
退出如梦如幻，发现熟悉居所

遇上剑川县城的著名前辈

笑谈当年剑川的历史。遇上赵藩先生

谈成都武侯祠攻心联

创作，遇上周钟岳

谈南京"总统府"三字的书写

落笔，报酬三千银圆

遇上张伯简，肃然起敬

他年纪轻轻背井离乡

跟有志旅欧青年一起寻找中国的出路

2024年2月26日

能让匠心之魂入木入石的神工

剑川山里老死的枯木
和流落到剑川的枯木，时来运转
来到神工手上，得到温暖
有了匠心之魂的注入，就焕发新的新生命
就长出新的枝叶
有孔雀附身的体面　老虎下山的体魄
在一扇扇门窗或屏风上
成为凹凸有致的雕刻画
其中有百鸟朝凤、云龙腾霄、松鹤延年
喜鹊登枝、牡丹花开
蜂飞蝶舞，最受民间百姓喜爱

让一截截枯木复活
再活几百岁，这样的匠心之魂入木的神工
剑川随处可见，不用说
剑川还有匠心之魂入石的神工
很早之前上石宝山的
匠心之魂注入悬崖峭壁的红沙石
把里面的大佛和南诏诸圣
请出来，两百余尊
或坐或立于十七座石窟里
让络绎不绝的世人朝拜
去满贤林，让灵魂注入满山卧石
变出千头雄狮及狮王
让一座山有了足够的镇邪图腾的威风

2022年11月17日

各种目光里的沙溪

看出金沙江、澜沧江、怒江
三江并流
看出这个区域内沙溪
处在大理、丽江、迪庆之间
群山之内的，是地理学家
看出世居民族的管辖从属
及其从前集散南来北往的茶叶
是透视历史的。看出是部古典诗集
摊开在滇西巴掌上
内有诗经唐诗宋词元曲
田园石桥流水人家
古道骡马，老树白鹭
寺登街上巷道的平仄，围墙的韵脚
是写古诗的。看出一幅水彩画
由天而降铺在净土之上
是弄丹青的。上天作画大师多的是
看出穿戴特色　风情种种
是研究各族民俗的
看出古戏台古楼阁古色古香
是钻研古典建筑艺术的
看出古镇是古典美女
在金龙河边美美生儿育女
是娶了镇上姑娘做媳妇宠爱不完的

沙溪在种种目光下
有种种千秋，来一千有一千姿色
不是城里建筑群景观区
走到哪里除了城名有别　几乎千篇一律

2022年12月20日

剑川有座大理地区最高的山

生来做着一方群山的大王
却从来不声张
不计较马从头上踏过
传说魂断草丛
以致天下只识苍山
石宝山鸡足山
以致我的大理大观里
几乎没有它的身影
它是大理地区最高的山
海拔四千二百九五米三
是矗立着的高山
比起苍山最高峰
还高出一百七十三点三米
大理地区的天高
原来，不止苍山扛着
还有西北剑川的它扛着

茶马古道上的里程碑
大小一座座，它是其中一座
夕阳翻过它头顶
就是碧罗雪山高黎贡山的旭日
及划过怒江澜沧江
到达缅甸印度当空的太阳
月牙划下它头顶

沿着怒江独龙江上

就是西藏高原的雪月亮

从它头上下去的马锅头

心里想的全是它

峰、崖、石、沟、谷涧

瀑、潭、川、巅

洞、岭，星罗棋布

红、绿、蓝、紫、橙、黄

与高处的洁白

在阳光里精彩纷呈

从它头上走下去的马锅头

梦里梦外喊它雪斑山

还泄露它的秘密

说雪斑山有口，口吐雪莲花朵朵

2023年3月1日

七、鹤庆

新华村，小锤打天下

依山而立的农家小院老瓦房
其中小打小闹的村民
追随天下的雄狮大象
明目张胆干起来
凤凰山下龙潭边开门开窗
放足应有尽有的音量
叮叮当当　叮叮当当
小锤子，大买卖，大生意
认生躲在爹妈背后的小女孩
转出来是长发金花
住在龙王寺里的佛
见村里飞出金凤凰
叹：没几年，几百把小锤
千千万万雨点打下去
就把小村打造成富丽堂皇的银庄
叹：没几年，几百把小锤
千千万万雨点打下去
就打造出世人瞩目的闪亮大世界

雪山上的雪花，民间的碎银子
上手叮叮当当
放手是银杯银碗银镯银耳环
一件件一箱箱上车
打进大理古城丽江古城

打进拉萨昆明深圳
打进天下一个个大城市
那个九龙杯，连月亮都喜欢
盯上的目光不收走
那个银匠寸发标
隔三岔五走出民间走上大学讲坛
那些外出旅游的村民
坐动车，坐飞机，坐轮船
总碰见村里家里的亮点
在一些美丽女子头上手上闪亮

2022年12月16日

你 去 游 草 海，我 做 导 游

去游鹤庆草海

出县城往北走，千万别直走

沿着蜿蜒的岸走

左边是海，右边是村子

好客的村民请你吃饭

白族人家方便

火上烧水，出门抓鱼

平时清晨早去看草海做梦

弥漫的是雾非云

正是草海梦境

耍海节去看荷花盛会

大白天热闹，跟花花绿绿的人群走

数不清的荷花仙子

不怕烈日，瞅准机会

闪开打着的绿阳伞

露出粉粉嫩嫩的笑脸看你

小荷是仙小孩

红着尖尖的小角不笑不语

冬天去，会恍然大悟

鹤庆美名由来，原是如此

目前几百公顷的草海

是鹤是雁是种种候鸟过冬的天堂

海内有蓝天有白云

百余种上万只候鸟

觅食的觅食，歇息的歇息

起舞的起舞

翱翔的呼啦啦冲上天

呼朋引伴的引吭

使水面飞起一串追随的浪花

嬉戏的欢天喜地热闹一团

歇脚的净是在筋骨树上

让你恍恍惚惚仿佛看见阔叶林

2022年12月22日

马耳山藏不住的美丽

虽然腊八云吞没太阳太深
心情却是明媚绚烂的
只因想起马耳山　想写马耳山

见过一面的马耳山
是初夏蓝天白云阳光温馨
其他时候没见过　没概念
见过它是天堂的大花园
是杜鹃花的天国
开发高山风电的人打开秘境
藏不住美艳的它轰动天下一片
在眼前泄露几公里
烂漫在海拔三千九百米高处

见小种杜鹃也美得出奇
矮小，开豌豆大的紫花
留影，人在一旁坐下去躺下去
它却不是独立的
是千蓬万蓬千千万万的大联合
造就浩浩荡荡的大紫大红
从山岗蔓延下来
弥漫众多山坡
见大杜鹃自是大气派
大棵大棵的大树杜鹃

在天池南面山坡上悬崖上
把内心的形形色色大胆开放出来
既各显天姿美色风采
又共同织就流光溢彩的瀑布

见过的马耳山是这样子
想起它，内心岂不明媚绚烂

2022年12月30日

鹤庆有段让人改变观念的金沙江

到鹤庆不看金沙江
损失不只是错过一道绝美风景

去石鼓看金沙江散步
近看浑浊　远看朝阳下金沙光芒
去虎跳峡看金沙江
是咆哮的千百万猛虎
跑在拥挤的山间不跳上高山
去迪庆去稻城去西藏
看金沙江是条甩入地缝的金鞭
悬崖落石如牛，入水，瞬间被冲走

到鹤庆看金沙江神魂颠倒
会惊讶成感叹号
么么，进入大理州内的金沙江
咋就完全改变姿色
颠覆浑浊与暴烈
那条S线，像一位曲线优美的姑娘
双手合一枕在耳下
蜷着长腿梦入峡谷之巅
碧波荡漾的琼浆
在一山比一山高的高山下
诱你下口畅饮一场
让清下来的水爽爽洗一次心肠

亲爱的，别嫉恨

风华正茂的年纪我来过

渴饮起来转身

见衣着阿丹蓝的姑娘转身甩开长发

桃花脸庞笑盈盈

跟我面对面，若不已婚

会跟她入赘江畔

不在乎去龙开口镇还是七合乡间

2022年1月31日

高兴一笑，遍山梨花就盛开

刚到山垭口，你高兴一笑

渴望的梨花就盛开

叫我看见，叫同车人看见

远远弥漫于对门山

像你那鲜明的脸庞

白如羊脂玉的脸庞

笑起来白里透红

跟梨花潮出现两树桃花一样

去年三月那一天那一瞬间

对门山梁山坡山坳的白

我不信与奇峰仙人洞仙鹤相关

不信是仙鹤落下的白羽毛

更不相信是头天晚上下了一场雪

才发生遍山玉树琼花

若又是雾凇那样，很美

人在山垭口这边

就有寒气袭来，逼人后退

我只感觉，只因你轮休

风儿昨夜借来你的白大褂

轻轻披盖在那里

让我在你高兴一笑中惊喜不已

亲爱的，今年今天我来拍照

照过远景，深入花潮中

照一梁一坡一坳一树一枝

听你的话，代表你来

照好立即发给你

让你放下惦记，不留遗憾

你从抗疫一线归来

维护大局安全，接受隔离

跟战友们一起住酒店

不回家不出游，坚持十四天

昨夜你发微信要求我

快去仙鹤飞落的地方看一看

拍一些照片发给你

奇峰梨花，是谢，还是在盛开

2020年3月23日

我感情河流里的鹤庆朋友

活过那些年，活着这些年
继续活下去，将来
都羡慕何永飞、洪永忠
李镜泷、田遇春、毋红生
杨宝贵、张灿华
王宏志、段庆樱
李红清、刘锦才、羊瑞林
及其他兄弟姐妹
生活在滋润的鹤庆
有黄龙潭白龙潭黑龙潭
青龙潭一百零八潭
个个活出一种灵气神气
过得风生水起
亲爱的，不像你我
半辈子在干裂的日子里打滚
滚过童年少年青年
爬出干裂的日子
还脱离不了干旱缺水的危机

亲爱的，鹤庆我熟悉
熟悉到看透鹤庆水
养人养出诗情画意来
七月耍海节我来
目中无人，只有莲花和龙潭的龙

女人在朵朵莲花里

花是女人，女人是花

男人是龙不是鹤

小龙大龙身怀绝技

敲打入窗而来的月光

敲打出女人头上手上的闪亮点

银的耳环手镯项链

千种万种叮当作响

就闪现于诗文小说里

鹤庆男人女人

让我心生羡慕　和安然

摸条线索关系明朝

六百年前一场浩大迁徙

祖先从彩云之乡来

遇水生活，代代奋发图强

2020年11月21日

八、洱源

我从洱海里看见洱源的一往情深

有空爱跑去看洱海
不仅仅从中看见一轮洱海月
还见苍山十九峰
投影于洱海怀心，十八溪
流来共融为一体
你中有我，我中有你
还见大半个洱源
在洱海呈现一往情深
亲爱的，说给你
远在洱海诞生一时一天
洱源就心系大理
千年万年大理兴盛
大半跟洱源深情厚谊有关系

洱源历来心向大理
明里暗里源源不断激活大理
洱源的心水水的
在一片绿绿的大地之下
情不自禁冒出来
左一汪西湖右一汪茈碧湖
还有一股跑大理
这山那山出来阻挡挽留
终给出路让开一条缝
让出一块宽广的大坝子

去吧！去吧！坦坦荡荡地去

跟十八溪水交融

共同涵养大理坝子的美

美在，兴三百里浩荡激情在

还有洱海水寒冬不冷

有外来鸥群过冬

洱海水出口西洱河

冬有冬泳人群

还有黑白分明的黑鸭鸥鹭

这跟洱源地热国一定有关系

冬天，亲爱的，御寒

就愉快地淌入一片温暖的波浪里

2022年3月3日

洱源温泉从大地心尖流出来

这些年我有一种感觉
滇西一定坐落在大地心上
一些地下出来的水
跟热锅里的开水一样滚烫

大地的心是软的
却摸不得，如熔炉里的钢水
高山上的雪水雨水
明里暗里奔来
明来的在大地胸脯上流淌
经过沿途石头的打磨
翡翠成浆，在山间流淌
一路收取阳光
解寒的水体晃荡着　亮晶晶的
过路的小鹿喝一口
还有些凉，却很爽
暗来的从大地心尖流淌出来
从某些地方冒出来
滚烫，如热锅里的涨水
沸腾着，热气冲天
地下水地上水的阴阳交融
是解乏的养颜温泉
亲爱的，从下关出发
西下，西洱河有凤凰温泉

漾濞有漾波温泉

怒江有登埂，腾冲有热海

北上洱源更壮阔

有普陀泉，有地热国

有牛街火焰山下的温泉

这些年北上感觉

洱源坐落在大地心尖上

冬天小寒大寒里

去多少人容纳多少人

个个都有一片温暖的碧波

2022年10月4日

把阳光月光做成片的洱源

云南十八怪，怪怪惹你爱
其中洱源一怪
把阳光月光做成片，扇子模样
让你烤过蘸上蜂蜜吃
煎着吃，那色泽
金黄中融合着乳白色
乳白色中含金黄
那美香，从酥酥脆脆中嚼出来

洱源你去过，滇西高原一角
跟太阳跟月亮
跟来来往往的云亲近
阳光月光充足
水，水是洱海之源
那里草和庄稼吸饱阳光月光
吸饱天上雨水地下水
没有营养不良
让你随时看见绿油油的
见三月麦九月谷
金黄金黄饱满，那里的牛
吃过草吃过粮食吃过水
高产出来的奶液
自然就是阳光月光融合在一起的

洱源百姓把牛奶煮浓熬稠
扯成一片一片的
自然把阳光月光做成爱的扇片

2022年11月26日

洱源的世外梨园

你有世外桃源，我有世外梨园

你四季人面桃花

三月，山坳里满是桃花

尽显高原美

我的世外梨园岁岁宠辱不惊

春夏秋冬各有姿色

三月，山坳里的白雪

忽如一夜春风来，千树万树梨花开

那年你来　从隐秘的山洞里出来

到来亲眼所见

不是白雪，确是梨花盛开

且不是几百棵

是成千上万棵

且棵棵高大，聚在一个山窝里

你爱上世外梨园不走

成为白里透红

跟百户白族人家

背靠青山面向辽阔的碧波

你春天呼吸梨花香

夏天住在绿荫下

秋天做梨膏让天下人止咳

你冬看一树树风骨

皆是千年以来的过冬态度

面寒内心不寒

左山右山都是笑傲江湖的硬汉
那年你来　从坝美来
从水上来从白云上来
坐木船渡过一汪碧波荡漾的茈碧湖

2022年11月27日

弥苴河，洱海主要的血脉

差使六神上九千米高处俯视过
见洱海是云贵高原的心
蓝天落地的一缕魂魄
联系着千丝万缕的绿色血脉
二十二公里长的弥苴河
从三爷泉和清源洞出来
至下山口至江尾入海
是洱海主要的绿色血脉
没它，哪有碧波三百里的广阔

见岁月深处弥苴河太散漫
出下山口横冲直撞
南诏国、大理国有过困惑
见是百姓建功立业
一代代出来整治
令放荡不羁的流水顺心顺意
水在堤内高高流淌
遇上干旱，灌溉一坝子田地
遇上大涝，制止冲田冲地
关键时有人高呼护堤
一代代一对对年轻夫妻来
双双形影站成扎根的滇合欢
滇朴、苦楝、柞木
枇杷、棠梨、降香

年年盛夏尽显青春蓬勃
一代代一个个领头人
没回家的站成高大黄连木
年年深秋初冬火红
尽显热血上头上脸的英雄本色

弥苴河，不只是百姓制伏的龙
卧在坝子上的青龙
不只是一条绿色风景线
徐霞客游记说：江似可通大舟

2022年12月12日

洱源有个让心疼爱的地方

那里山势陡峭，坝子平坦
像凤凰的羽毛，因此美名凤羽
凤的羽毛没见过
孔雀翎见过，美
可想而知叫凤羽的地方特美

听过那里的一个传说
就得了无法治愈的心病，疼
很久以前的一个秋日
那里的罗坪山大火
凤凰涅槃于此
羽化成一片彩色霓裳
给山川穿在身上
由此每逢入秋千百众鸟来吊
啾啾聚集于罗坪山间
听着摆古人摆着这个传说
心，火烧火燎地疼
疼痛中铭记罗坪山又故名鸟吊山

听过那里的另一件事
很多年前的一个秋天
一个有雾没月的黑夜
鸟吊山火光冲天
村民纷纷上山扑火

救森林，救扑向火的群鸟
古老传说中的情景
村民不忍回顾
林间的烟火，林间的雾
五光十色，似动非动
远处的鸟源源不断飞来扑火
把熊熊腾空的火焰
看作光芒灿烂的凤羽
有白鹭黄鸭斑鸠山雀
和不认识的其他水鸟旱鸟
听了这事心病发作
心疼，为那些扑向林间烈火的鸟

近年来有游人上鸟吊山
拍一些照片或视频传到网上
称洱源也有阿勒泰
青青一片草原，清清一汪天镜池水
牛羊时不时隐入白云间
触景生情心疼
痛惜从前野火夺走的那片森林
不过，那草原也治愈了心上好多的疼

写于2023年1月2日，修改于2024年11月7日

西山民歌：生生不息地吟唱

乘一股朝气蹿上洱海源

面向只见满眼温和阳光不见太阳

放不长视线的地方

知晓里边一些内涵的

会看透一个个顶天立地的绿色谜团

不知任何内容的

见的只是由南至北群山起伏

是大山不露骨的光鲜

写这首诗的是前者

出生在二十世纪下半叶

见过那些谜团里

出来的女生温温和和地说

阿小哥，我是洱源呢

听过那些谜团里飞出来一首民歌

我家住在西山区，生活越过越快乐

我家住在西山区

二十世纪五十年代唱响云南

唱到向往的北京

惊动中央民间文学采风团

蜜蜂飞进洱源西山区

入山睁大吃惊的眼睛

见上天撒点点星星成村成寨

成一群群白族儿女

在崇山峻岭之间

见五六岁男孩女孩会唱歌

男孩唱着唱着长大

就有春风一样的女孩来

女孩唱着唱着唱进笑呵呵的婆家

其中自阿八、李九富

开口唱几天几夜几千首

唱爱情婚姻唱生产生活唱理想

唱战天斗地唱英雄

从天上太阳月亮星星云朵

唱到地上山川河流

花草树木鸟兽昆虫

牛羊骏马苞谷稻谷豆麦

翠茵茵，也利也，花上花 ①

三十六个韵头，一歌一韵，一韵到底

我知道这些我常常这样想

生来所见过的流星

是不是都往洱源西山区落成歌星

知道这些现在还疑惑

走星光大道的

上电视上春晚的歌手

是不是洱源西山区百年以前走失的

2024年1月10日

---

① 翠茵茵，也利也，花上花：洱源西山民歌调头，起领韵押韵作用。

九、云龙

云龙那个地方的美

那个地方我去过你还没去

你关上心的两道窗

打开想象的天空

追着我的讲述就有神秘的感觉

我去的天池不在新疆

在滇西高原一角

走一条名字很牛的路

叫黄金公路

见过天池高高在上

海拔二千五百米

定身法定住的大神

捧一汪碧水，历来舍不得放下

数不清的岁月过去

头上双手上青苔油绿

苔丝长的长成森林

三五丈高，短的长成茂盛的草

脚下奔流的江叫沘江

我俯视遇上峡谷流云飞霞

明白忽隐忽现的是云龙

江过脚踝显示奇观

山水田园惊现一幅太极图

我下天池逛诺邓

古院落层层叠叠依山而建美如天宫

诺邓过去产盐是盐都

现在产火腿我吃过

恨没带回一支给你分享

人生百味，就欠你最香美的一味

2022年3月2日

沘江把一些国宝穿成串

云龙县有国宝，还不止一件
摆在一线天下
峡谷内一条游龙之上
有几百年的历史
成了当代国家重点保护文物

从前，从天桥上面走过的
有上天，有下地狱
下地狱的跟前边走过的走
踩个虚空掉入波涛里
坐山观风景的看透凌空彩虹
起身扯来藤条
密织在出现彩虹的地方
娶来对岸美丽的姑娘
拿木头木板造出雕龙画凤的桥
又把女儿嫁远方
儿子实现一劳永逸的梦
取来石头捏出水
再将冷却的水搓成铁索
扯在一段段江上
还在根根铁索上铺实木板
让驮盐马帮来往
孙子干脆把石头弄弯弄成拱桥
在拱桥上盖屋顶

让赶集人坐在江涛之上歇气
坐在江涛之上避雨
让赶考的一代代人走出大山

亲爱的，沘江古桥多种多样
不是一　是几十上百
造在以往雨少水薄的季节
让沘江穿一串国宝
佩在云龙身上有一种大观现象

2022年11月25日

俯视你眼中口中的云龙太极图

见多识广的候鸟
见白雪凝成羊脂玉的珠峰
龙一样的长城长江黄河
知道已经飞入中国
见天安门城楼，知道是北京
见三塔，知道在大理
见河谷中天然太极图
知道已抵达云龙
它们看着特点鲜明的地标飞
永恒的天然的
或杰出的一件件人工艺术

亲爱的，我去过云龙四次
都上高处俯瞰河谷
看你和众人眼中口中的太极图
写不尽唯美诗的我
见的是两条圆头细尾的大鱼
在我到达前游来
来团圆的小盆地追逐
追得一个团团转
我看它们，它们静止不动
闭上眼睛瞬间
感觉它们又在追逐
追着太阳月亮走
年年岁岁轮回四季流光溢彩

2022年12月5日

看着看着就入神的诺邓

不说那只落水的猴子
爬起来不久发现痒疙瘩掉了
说过路的第一个猎人
蹚过山下的河水
腿上久久不愈的伤口
没几天愈合了
掉入河水的鹿肉
捞回来吃起来比从前香
剩下的没臭没烂
摆成一条条、一坨坨干巴
生吃烤吃都香
烤着吃，伙伴闻风而来
抢着吃，喊起来：盐
惊醒了一座座沉睡的大山

打猎的开始煮水熬盐
带动两群三群几十几百人
挑盐背盐的来了
驮盐的人喊马叫来了
做买卖的来了
开饭馆开马店的来了
腌制火腿的来了
叫这里的土这里的石头动起来
躺平的土石给人马踩

石板路蜿蜒而上蜿蜒而下
站起来的站成围墙
支持雕梁画栋
顶起一片片青瓦
房屋依山而起
由下至上，层层叠叠
从下往上看
成堆，一层码在一层头上
堆出几百年的兴旺
垒成收藏风风雨雨的名胜古迹

2022年12月6日

州内有座传奇的桥在云龙

孩子们，抗日战争岁月
我们州有两个地方
遭受过日本飞机轰炸
唉，不是大理古城　不是下关风城
其中一个地方
在云龙县境的大峡谷里
澜沧江之上
一九四〇年、一九四一年
日本两百架飞机
投弹上千枚，炸得浊浪冲天

那里有座桥，叫功果桥
是滇缅公路过江桥
外国支援我们的抗日物资
从这条路运来
这桥是一座顽强的桥
炸断筋，打烂骨
魂在，只需几天又复原
车队又从上面过
我摸着线索进入历史里
见到当年抢修队
反复给桥铸入传奇的魂
见到江边木棉树
正月里佩戴着朵朵英雄花

2022年12月28日

神 写 一 首 唯 美 小 诗 的 地 方

云龙还有个可爱的地方
是神写的一首意境唯美的小诗
高放在县城西边
那儿你不听见名字则已
听见，就如有纤纤玉指伸来
勾你心灵深处的情魂
不信，我说出来你试试
天灯海坪，迷不迷
更别说美照，有动有静的视频

那里整体如高原高举的一枝荷叶
绿绿草坪一汪亮亮的水
兜在四围青山一个怀窝里
其中大面积的花花绿绿
像那汪水里抽出的百褶花裙
晒在太阳下招蜂引蝶
它是牛马羊儿饱食翠色的草坪
如大草原飞来的花草
展风吹草低见牛羊的情景
散落于草坪的顶顶帐篷
像一个个小小的蒙古包
夜晚，内有灯光璀璨
宿营的自带蓄电池，自有光明

2023年1月17日

十、永平

永远安定太平的地方

跟永平一直如此
是路过打打擦边球的关系
去腾冲，去瑞丽
往返都从城边过
在路边馆子吃饭
是一个过山过水过城边的过客
一路没亲没戚
无牵无挂来来去去
没一次深入县城，深入其他地方
心上只有博南古道
远通秦汉　远通东南亚
只有源自东汉皇帝年号的县名
让我对世界对人生有指望
县名亮在灵魂深处
是我生活年年穷追不舍的吉星

现在认识一些永平人
认识汉族彝族回族一家亲
从古至今共融共存
其中一个名瑞平，微信名平安
漂亮，心好，平和
待人一团和气
节假日上苍山之巅
走洱海之滨，进人群中间

如皎月，从不傲气
有她，就是永平美丽的体现
我想，她做永平代言人
姿色资质全够格
把她写进想念永平的诗里
让天下人看永平
眼前就是永远安定太平的地方

2022年3月4日

站在南丝绸之路上的博南山

博南山睡在心头已几十年
不因处在永平地名里
就平躺着呼吸
而是站着，高高立在心口

蜀身毒道从成都来到印度去
出发愉快，坦坦荡荡
悠哉乐哉大平原
入滇，阳光在铃铛上晃荡
跋山涉水、提心吊胆
走入彩云南现的坝子里
以为前程似锦
出清华洞过下关往西　再往西
天忽然暗下来
马锅头抬头，骡马抬头
博南山挡住太阳
头骡一惊，一匹丝绸飞起
当空飘落下来
落入陡坡花草丛林里
成了一条名声叮当响亮的博南路

祥云离博南山不远
至今无缘相见
见红绿女子应邀采风晒美

正是我诗集的缺憾
想去补写，顺便带上你
又想，补写是补巴
不如原生态
且博南古道是心上的神经
去，惊起马嘶鸣
惊响骡马铃铛，造成蹄声紧急

2022年10月15日

早晓得宝台山早去修心

喊一声妹妹你在哪里

巍山漾濞昌宁都有回应

永平高举起宝台山

海拔二千九百一十三米

铺天盖地的森林里

跑着国家一级二级保护动物

早二十年知情

我去，上宝台山之巅

增加一米七的高度

让动物种类增加一种

我不当主宰者

不统治任何植物动物

住金光寺　不在寺内修行念佛

我天天上到山顶下到山脚

天天过春夏秋冬

十年修炼成一个垂直气候专家

天天拍照书写植物

十年修炼成一个植物专家

让一千种各类植物

出版在一套尽是彩页的书中

封面选登高望远的朵朵木莲花

天天跟动物交朋友

十年修炼成一个动物专家

骑着山驴，左手牵金钱豹

右手牵大黑熊

带着金丝猴绿孔雀凤凰鸡

深入浅出于原始森林

高兴就带着动物们上巅峰跳广场舞

掐一支草笛伴奏

吹奏种种飞鸟的声音　种种走兽的心语

2022年12月26日

曲硐温泉

观音抄起的一捧热水
有几滴由其纤纤玉手掉入滇西
至今不涸不冷
仍在冒腾腾热气
昨夜盘点大理美丽的内涵
有个不大不小的发现
曲硐的温润不见
想想是从写诗的指缝里漏掉的

次日傍晚找到曲硐
见一池笑语中一道霞光闪闪
忙上前察言观色
不料霞光隐去
只见远处一人背影
惆怅中听见人言
声音出自故纸堆里
难道是产生的幻影
是离去来客，姓徐
他来自明代留有游记

曰：温泉当平畴之中
前门后阁，西厢为官房
厢则浴池在焉

余先酌而入浴之……
其汤不热而温，不停而流
不深而浅，可卧浴也

读过游记回眸，时过境迁
见一群女子
穿泳衣泳裤泡在温泉内
嘻嘻哈哈嬉戏，如条条美人鱼

2023年1月7日

有一个地方，我展示一半

苍山以西，有一个地方

在一张张嘴上，开口，让你明白

你来种上缅桂会四季开花

开放的阳光丝丝飘香

开放的月光片片香，无月之夜

自有暗香袭来，让你每一个梦都香

你来当小学老师

教到床前明月光，疑是地上霜

学生问你，何物是霜

你说像雪不是雪

学生摇头，表示不明白

你说，长大往北走

冬天里，会完全明白过来

有一个地方，你走哪里

哪里就有美丽传说

两千年前一道彩虹卧在一条江上

不起身，化身为桥

不只是迷恋琼浆玉液

不止让对门山上大王公主走过来

还让远方来人走得更远

更有一河之上一桥

两千年前有人听见凤鸣

立马挥鞭打马张扬

有一个地方有一江顶寺有一过街楼

康熙大帝御笔亲题：
觉路遥，古道雄关
有一个地方，我展示一半
你明白十分，杉阳
永平杉阳，杉树只愿长在向阳坡上

2024年2月28日

我写永平黄焖鸡跟我宰鸡一样难

写过大理州内山水之间百般美味
最难写的是永平黄焖鸡
尽管其香气名气大如下关风

这不在别的，在我三次宰鸡

第一次去初恋女友家
她妈提来一只母鸡叫我宰
我生来还没宰过鸡
左手提鸡右手提刀，横比直画
半天不知如何下手
直把一件婚姻大事拖黄
第二次是爱人生女儿
不得不宰鸡的我宰出这些细节来
捆紧鸡脚，扎紧鸡翅膀
左手把鸡头按在砧板上
右手挥刀朝鸡脖子砍
我头扭一边砍，把鸡头砍了掉下来
老婆当笑柄捏着不放
她向别人讲，我恨没地缝钻
第三次是在下关过节
起早上凤仪买鸡去宰鸡店宰
才到宰鸡店大门前
提着的鸡就拼命挣

原本一路朝前的鸡头
已经扭往来路方向
全是一个不进宰鸡店的惊恐表现

因有这三次宰鸡经历
写永平黄焖鸡，虽然香气四溢
心头也有绕不开的障碍
走亲戚吃黄焖鸡，不见杀鸡过程
不好推脱人家拈给的
可吃下去，心里就有一只鸡在挣扎

2024年3月10日

十一、漾濞

漾濞石门关，是神为苍山开的一道门

大自然的特殊地貌，人们解释不清
就拿出鬼斧神工之说
也好，这里顺其自然就话搭话
苍山有门在漾濞县
读到这条信息的都来看看吧
可见鬼斧神工之杰作，可获其内涵

苍山有门，生来已有千百万年
不知何时被魔关上
堵得苍山心闷。不知何时
苍山发出一声怒吼
不同凡响，不是天空来雷
惊动的神，操起鬼斧
仅一道闪电闪过，苍山的门就被劈开
渗入苍山内心的许多雪水
流出来，滔滔不绝
关在苍山内心的千军万马
随浩浩荡荡的流水冲出来
可惜，关闭太久，见不得阳光
见，惊慌中变成水中乱石
让来人看不出真相
好在都成千姿百态的诗句
只要不遇人为改造
永远在流水中保持天然姿态
闪烁着雪花银一样的灵光

无论两边野草生长了几万年
也没掩盖住，也无法掩盖

苍山心门流出来的水
来人可以想到没有镜子的远古人
第一次见到自己的模样时
也见到从来没见过的神态
其中一汪现在还神秘
可以照出来人之心
正常的，还是圆滑的
还是一颗凶险的怪蛋
苍山内心有温度，真有
摸着温泉的人去泡泡
冷漠的心就会渐渐热起来

来人大胆往里走，大胆往前走
走过两面悬崖峭壁之下
可以进入苍山内心大世界
如果上栈道或攀岩
可以触摸苍山的心壁　感觉苍山的心跳
如果踩着苍山的心律深入其内心
就爬到苍山的心尖之上
春初的话，可见苍山的心花
怒放，开出天下最烂漫的映山红

2024年3月10日

日月在云龙桥上晃晃悠悠轮回

去看岁月深厚的云龙桥

千万别误导航线误入云龙

它在漾濞江之上

你灵魂深处念过要砸碎千年的铁索链

不是这里一根根横空的铁索

这里八根铁索链

绷直三十九点三米长的神经

扣住两岸青山的脚趾

铺上解开年轮的栎木板

以恰好的高度宽度

渡永平云龙剑川往来的人马

想掌握它年纪

你到桥上轻轻叩问

博南古道盐马古道茶马古道

它度过以往　还在度

服从百姓过日子，度现在，度将来

去就去桥上走走

好好体会以前从未有过的感觉

桥下江水盈盈

水上长桥悠悠

来往行人骡马晃晃悠悠

看两岸炊烟袅袅

听山间大铃咚隆咚隆回响

去就去桥亭看碑记

徐霞客踪影一晃而过

携带风云雨雪

去就听听当地人下酒的白话

带一个如梦如幻的传说回家

从前下游建桥

建一次江水冲走一次

直至一天早上

人们见苍山飞来云龙

横卧江之上

七个仙女从上面走过

见到的人悟性高

忙在云龙卧江的位置造起飞虹

2022年12月25日

上一世做过太和宫的大王

有座小县城深藏在峡谷里
至今去过两趟
很喜爱很怀念其下半部分
上半部分是现代的街道
开拓套路跟许多新城一样
水泥路柏油路
长长短短一条条拉直
南北向，东西向
夹在大堆小堆钢筋混凝土中间

下半部分在江边崖上崖下
第二趟去，当地人文朝军领着
由上至下，下江边
让我大吃一惊
格局跟我第一趟见过一样
土木结构瓦屋房
间间挤在古驿道两边
木厦门 ①，小店铺
通向江桥一条石板路
让我回到上一世的情景里
马蹄声，嘚嘚嘚
开饭馆的喊吃饭
开马店的吆喝歇店

① 木厦门：迎街迎路开的窗子。

卖草料草鞋草烟卖烟锅

在桥这头也在桥那头

桥是一座铁索桥

铁索之上铺一块块栎木板

我第一趟走过石板路

起身飞跃向上

跃过崖下的街道房屋

落脚于富丽堂皇的太和宫里

心有意念，我是其中的王

第二趟去，明白过来

游的是苍山背在身上的漾濞城

第一趟去，是梦里

梦的是我上一世的一个情景

亲爱的，告诉你

漾濞石门关，也是未去就梦见

2023年1月11日

苍山背一身映山红迎接你

二三月迎面见过苍山
山前洱海及其一片钻石级的美景
千万不要匆匆离去
你走，为你惋惜　深感遗憾

你见了面子没看其里子
苍山背面红艳正在等你
就像遇见标致的金花
见过桃花笑脸，人挺美
没回头瞧一眼其背面绰约风姿

二三月的苍山美上天
海拔四千米的个子站立于洱海边
背一身映山红迎接你
苍山两面高山坡
东坡大理，西坡漾濞
西坡上高大的映山红
三十平方公里
都控制不住红色基因
上千杈万杈枝头望你
望所有知情人去
去花前树下选背景
摆各种造型各种姿势拍照
让美与美瞬间合影

再发朋友圈及微信群广而告之
别错过一年一次机遇
别想来日方长，以后再来
所有春天没一个不如期到来

2022年3月28日

上苍山西镇喜鹊窝的意外遇见

在村头村尾高大的树顶上
枝枝丫丫，是外表看起来的模样
内部有柔软的干草密密编织
是少数眼里精装修的安乐窝
居高临下，其中有大乾坤，喜鹊上观天象
下俯视地面，需要独到的眼光
漾濞的苍山西镇喜鹊窝村
在高山之巅居高临下
是少数人到达的地方
村头村尾大树上有喜鹊窝
我是少数人中的一个，到过这个村子的
连我也感觉意外
之前做千万个梦，没一次梦到这地方

喜鹊窝村在原始森林的中央
垛木房在村外，青瓦白墙院子在村内
进村入户遇上见过一面的美女
倍感意外。以前跑下龙湾
美丽的她出现在眼前
她递来手机请我帮忙拍照，像熟人一样
拍下她在朵朵浪花上欢舞
连拍的底片都存在心底
这次久别重逢，欣悦一同出村看看
坡地上豌豆花开麦苗青青

登上高坡高瞻远瞩

意外望见对面横卧几十里的苍山

看见以前没见过的风景

感觉苍山比正面还高大，还险峻，还霸气

上喜鹊窝感觉村民就是一群喜鹊

来客也是其中的喜鹊

晚宴，跟她飞回喜鹊窝内

打开微信添加为新朋友

意外发现她太不寻常

比参天大树伟大，比雄鹰神奇

苍山的亿万棵大树

千万年没一棵爬上山顶

苍山的鹰

没一只飞过高峰

她竟然和不多的几个俊哥靓妹

反反复复把十九峰接二连三踩在脚下

日后常见朋友圈里的她

节假日行走在堆放白云白雪的苍山之巅

2023年1月8日

漾濞有琼浆

漾濞有琼浆，好喝，不是美女的
漾濞去的次数极少，难得见
一见为之倾倒　一个土生土长的漾濞女子
见过一个漾濞的美少妇
在彩云之南城里见的
弥渡姑娘，嫁给了漾濞的一个俊哥

喝过漾濞的琼浆不止三杯
有成百上千杯。好喝
不敢贪杯
很多时候就喝一两杯
生来两次喝多过，都是难为情
一次是一个美女邀请喝
两杯下肚她又再敬
我摆摆手，不行了，不行了
她说男人不能说不行
声音有魅力，眼神有磁性
秒杀我一生雄风
再一次，回祖上避难的山寨里
家门老哥不放过我
喊来弟兄姐妹杀鸡宰羊砍火腿
取来漾濞琼浆接风
喝过三巡歇下来，坐在一边安静待着
老哥拈起鸡头呼风唤雨

说，弟兄一个二个咋悄悄的
这话挑得风起云涌
姐埋怨马缨花开过每次都不见
喊一群花样的姊妹围过来
唱着高山流水悬起装满琼浆的壶
喜欢喝，也要喝，不喜欢
也要喝，管你喜欢不喜欢，也要喝
蜜拉寨来了半个寨
刚举杯毕咕噜^①，又举杯毕咕噜
推不开一杯又一杯下江南
九曲十八弯腹里翻江倒海高潮迭起

漾濞好喝的琼浆叫雪山清
苍山内里流出来的雪水酿成的

2024年3月10日

---

① 毕咕噜，彝音汉译，意为举杯一口干。

附　录

有风花雪月的诗人茶山青

——读茶山青诗集《大理不止风花雪月》

祝雪侠

  云南是多民族省份，民族同胞能歌善舞，文化底蕴深厚。七彩云南能让我们在琐碎的生活中感受到诗和远方。打开茶山青这部诗集，呈现在眼前的文字，就是一幅幅生动而有画面感的大理风光。

  腹有诗书气自华，诗人茶山青热爱自己的家乡，他的灵魂也被家乡的青山绿水所熏染，他的文字里流淌着大理的蓝天白云，还有让人流连忘返的风光旖旎。大理不止有得天独厚的风花雪月，还有七彩祥云和独特的风土人情、历史文化以及各族人民的精神风貌，这些在他心里都是五颜六色的梦。

  通读这部诗集的内容，作品对大理苍山洱海、大理古城、下关风城浓墨重彩，再弥漫到东南西北的祥云、宾川、弥渡、巍山、南涧、剑川、鹤庆、洱源、云龙、永平、漾濞这些周边地域，彰显风光无限的大理州地域。整部诗集，以大理为主线，在一首首诗中井然有序展开，这是作者近几年创作的一百六十六首现代诗。有作者对家乡热爱的深厚情感，有对大理风花雪月和苍山脚下洱海边的花前月下。如《在远方，大声介绍来自大理》这些诗句："以诗一样的大理状态／优秀地出现在远方／大声介绍来自大理／血脉里奔腾着南诏蒙氏流传的激情／／内心有苍山，挺胸，挺直硬朗的腰身／抬头，抬起峻峭的头颅／有洱海，三百里碧波坦坦 荡荡／有十二县市山山水水风光／带给远方美滋滋的感觉／内心不止有白族风情……"这部诗集的整体写作特点，有着对话式的文字展现，也有着全视角的抒情方式。这个对谈与抒情的完美结合，用诗歌的语言通俗易懂，也是情感的沉淀。读他的文字，可以陶冶情操激发人的想象，让没去过云南大理的人，有着特别的向往并产生想去看看的冲动。作者诗歌语言的魅力，是情景再现，很有画面感，也是一种对文字加深印象和情感的表达方式。

多年前，看过《木府风云》这部电视剧，让我对大理有着无限的憧憬与向往。之后去过丽江、大理古城与云南楚雄，体验后依然对其故事情节印象深刻。特别是专程去了电视剧的拍摄取景地木府，那天碰巧倾盆大雨，和剧情里的雨中情节非常相似，这就是相约不如偶遇。作者出生地是云南祥云县，这个有着浪漫名字的祥云就是他儿时彩色的梦，是他诗歌语言里漫天飞舞的云彩和四季如春的季节。茶山青在自己的世界里仰望天空，祥云作为他生命的底色，一切海阔天空都尽收眼底。云南的各种风景，一出场就会自带流量，因为他生活在诗情画意的天空下。曾有几次朋友聚会，云南人在场，他们会现场载歌载舞，把一个普通的朋友聚会变成一场音乐会或才艺展示会。这就是云南民族文化的根，是云南特殊的文化底蕴，让我大饱眼福。他们那么轻松自如地完成了，自己想要表达的情感和表演的节目，让我们刮目相看。

云南大理流传的风、花、雪、月四景：下关风，上关花，下关风吹上关花；苍山雪，洱海月，洱海月照苍山雪。"风花雪月"相传就是这个成语的来历。云南人给人的感觉是，会走路就会跳舞，会说话就会唱歌。读诗人茶山青《西山民歌：生生不息地吟唱》就有印证："蜜蜂飞进洱源西山区 / 入山睁大吃惊的眼睛 / 见上天撒点点星星成村成寨 / 成一群群白族儿女 / 在崇山峻岭之间 / 见五六岁男孩女孩会唱歌 / 男孩唱着唱着长大 / 就有春风一样的女孩来 / 女孩唱着唱着唱进笑呵呵的婆家。"有云南人的现场，就会呈现出一种民族风气息，整齐和谐的艺术效果。正是各民族的和谐包容，才让云南人的精彩和浪漫与众不同。

与茶山青见过两次面，一次是在北京朋友聚会。一次是去了诗人茶山青的目光反复扫过的大理古城："九街十八巷，可以一步一步丈量完 / 长青苔的城墙包罗万象 / 喊出名气的洋人街 / 蓝眼睛三五个一群，七八个一伙 / 冬向太阳，夏坐阴凉 / 喝朱苦拉咖啡喝大理啤酒 / 叽里呱啦品苍山洱海风光……曾经的南诏国大理国 / 无数次发出的声音 / 无数次抵达广西抵达大渡河 / 抵达越南、缅甸、老挝 / 叫那些山山水水闻风起立、坐下。"（《大理古城，目光反复扫描过》）去大理古城这次，是他看我发朋友圈来电并与我的朋友们一起相聚。相聚时他送给了大家每人两本诗集，并讲述了他的创作过程和对诗歌的热爱，这让我对茶山青有了新的了解和认识。不是真正的热爱诗歌，不会每年都满腔热情地出一本诗集，这需要付出多么大的心血和努力！而他的言谈举止中，我感受到了一位纯粹的诗人，看到他对诗歌满腔热情的热爱，并愿意为此付出一切。诗歌成为他的生命，让他对生活充满了激情和喜悦。

茶山青是有情怀的诗人，他将自己家乡的青山绿水、满眼的翠绿和民族风情都用文字表达出来。看到作者满怀热情为自己的家乡写诗，很感动。特别是大理这样一个天然自带流量的网红打卡地。大理的风花雪月、洱海的风光旖旎、四季花开的声音，都是他内心想要表达的真实情感。《大理遍地都是美丽的诗》，就是诗人茶山青迁居大理最早最初最有激情的第一次表达："喜欢写诗，就来大理 / 我乘下关风去迎接你 / 下关风是诗 / 有声有色，有豪气激情 / 风跑过的地方请放宽视野 / 三百里洱海诗潮滚滚……诗的大理有画，画的大理有诗 / 你来，梦想伸手卷起带走 / 梦醒你留在遍地是美丽的大理诗句。"诗人茶山青写出这首诗，就一发不可收地写下这部诗集，而其中一首首小诗，是他内心跳动的字符，也是他对这个世界对家乡无限热爱的情感抒发。多年的诗歌创作，认真拜读，你会被他作品里的真实和真诚所感动。作者的诗和他的人一样是跟着感觉走的，在感觉中他才能找到真正的自己。倾听文字跳舞的声音，他的创作风格和阅读后的画面感，让人有一种身临其境的感觉。

读茶山青《大理不止风花雪月》，映入眼帘的是一首首精美的小诗，这也是他写地方诗史与襟怀大观在诗歌文本中集中的展现。"上卷 来大理见景生情""下卷 环绕苍山洱海的地方"，比如，《大理遍地都是美丽的诗》《来大理看风光是活出新的自己》。他的很多标题起的名字，串起来就是一首首小诗。洱海西北岸、洱海东南方，他深情地写出了大理古城的魅力与风采，作者说洱海是一个适合海誓山盟的地方。除了梦以外，还有梦里遇见传说中的百鸟朝凤环绕苍山洱海，他看到了用文字无法描述的美无处不在。作为一个从小生活在大理的人，他的内心对自己的家乡充满了深厚的感情和无限的热爱。他用诗歌来倾诉自己眼里看到的大理的春夏秋冬，为了写作更加准确，他也查阅了大量的历史文献和资料。

《大理不止风花雪月》正如茶山青诗中所写：从创作这本书到完成，这一百六十六首现代诗，凝聚了他太多的心血和精力。他将自己对家乡无限的热爱，对生命的礼赞，为自己出生在这样一个诗意流淌的地方而深感荣耀和自豪。他把自己对诗歌的理解，在文字里体现得淋漓尽致。茶山青是个好人，人缘好，性格好，他的真诚和坦荡，让人能感受到他的仗义与豪爽，真是满满的正能量。

真情总是能打动人心，让人能感受到光芒万丈，会讲故事的人，就拥有了全世界。《大理不止风花雪月》这本诗集有穿透力，茶山青用自己独到的见解与含蓄的语言，恰如其分地表达了其内心对诗歌的热爱。茶山青是性情中人，他的诗和他的人一样真诚，字里行间都融入了他对家乡的无限热爱。人性的美好在于发现，真性情才能表达出真实的自己。他不管多么忙碌，心中依然流淌着对诗歌的满腔热情，用文字去表达健康积极向上的心态，使他永葆旺盛的创作精力。

人的一生，最大的快乐就是做自己喜欢的事。茶山青文笔细腻，他对诗歌有着自己的理解。诗歌作为语言最高的表现形式，以传统文化为根，多角度写植根于生活中的真善美，才有它存在的价值和意义。多年来诗人的创作经历，让他对身边的人和事物有着特殊的好奇，作家的责任与使命都在作者的笔端流淌。家乡是他骨子里的诗意生活，大自然的万物都融入他的生命，他的诗歌的主旋律是让读者通过他的描述喜欢大理，喜欢七彩云南的云卷云舒。诗人笔下的喜怒哀乐都发自内心，才有着天然的亲切感，与行云流水般的灵动。此刻天空、大地、红花绿草都在他的笔下有着不一样的色彩。他情感丰富，作品读后让读者内心产生共鸣，日月与星辰的对话，需要深刻想象与思考。这本诗集的情感表达，让人感同身受。

茶山青的人生经历，走过的路、遇见的人、经历过的酸甜苦辣都成为他写作的重要素材。作品中对于生命、山川河流、大地与人间真情这些天马行空的诗句，都是诗人有感而发的。诗歌来源于生活而高于生活，文字里的青山绿水都与诗歌有关。他字里行间里的诗意的感觉在弥漫，作品很适合朗诵。相信他以后的创作，会百尺竿头更进一步，不辜负对诗歌的这份热爱。他的创作，具备了一位文学人的修养和内涵。他是一位勤奋的诗人，期待在文学的道路上，作者能写出更多更好的作品，奉献给社会、奉献给人民。

文字见证了他的心路创作历程，他陶醉在自己的创作中，我陶醉在他的诗歌里。倾听文字跳舞的声音，感受《大理不止风花雪月》这本诗集的魅力所在。用心体会就有新的思索，这些发自内心的文字有灵魂、有诗意。

在茶山青的文字里，你能感受到写诗，是一件幸福而快乐的事。热爱，一切都会变得美丽而温馨。

2023年6月27日于北京

祝雪侠，陕西咸阳市人。系中国作家协会会员，第七届全国青创会代表，鲁迅文学院第十九届高研班学员，中国诗歌学会理事，现为中国作家协会中国诗歌网事业发展部主任。先后在各大报刊发表过诗歌、散文、评论、报告文学等近一百万字。2016年3月，参加江苏卫视《一站到底》节目录制。已出版诗集《雪舞花飞》，主编文学作品集《楚韵南漳》，出版新著《祝雪侠评论集》。

网络留言选录

　　包括《大理不止风花雪月》这部诗集一些作品在内，从各种媒体发表出来，引发不少热评。现在选录部分，特意永远铭记：

　　落叶诗人：看了电视诗《大理遍地都是美丽的诗》，更是向往美丽的大理。

　　刘侠：看了电视诗《大理遍地都是美丽的诗》，来大理的愿望强烈起来。

　　女作家乌兰：你是诗的采撷者。领略了你诗中的大理的各种美丽，更坚定了留在大理的信心。

　　王宏伟：大理，经你这外乡人尽心的一次传播，必将吸引更多人的喜爱，甚至亲往体验大理之美。

　　大理大学教授张锡禄：写得很好，用激情来歌颂大理的美，歌颂风花雪月，诗句非常凝练，感情真挚，影像也美，声音也圆润，祝贺成功！

　　楹联作家王艳钧：《大理遍地都是美丽的诗》是茶山青从心底流出来的诗音，从银苍玉洱扑面而来的图画，生动的故事徐徐展开，睿智的灵性徐徐铺开。

　　诗人忘情水：写得温柔细腻，佳句迭出，总能给人耳目一新！通篇清新雅致，无与伦比！

　　昆明女诗人马文婧：喜欢我们云南作家茶山青的诗，喜欢大理。

　　网友马壮和：大理和茶山青的诗绝配。

　　大理励志群王建平：用诗完整地描绘大理风花雪月苍山洱海，首知你是第一人。

　　网友凯瑟琳：美丽的大理，让作者诗兴勃发，大声讴歌，纵情吟唱，绘出大理秀美自然风光！静听绘声绘色朗诵，有如身临其境，感受作者的情思，诗诵俱佳。

　　大理州作家协会原主席、著名作家张乃光：喜欢《滇西有片流光溢彩的云》，"亲爱的，走进七彩祥云的人群 ，来了，就有人不再走出去"真挚的情感，质朴的语言！欣赏，学习！

诗人义樽：书写情义浓厚。这，毫不质疑：从云的流动，过渡到云南驿古道的茶马一行。待读者仍在回忆里意犹未尽的状态下，诗人笔锋骤转回旋，直接把主题转为社会发展！综观，诗人不仅藏有真情，对乡愁的告白，也向饱含沧桑的家乡寄予重望。笔中点滴流墨，胸中彼此起伏，抒写之情几者可临摹焉？情，莫于大爱；义，言予尽表；忠，诸诚敢为……诗者，若乡土灵性，无半言只字的酬答！

网友月照纱窗：速度时代，速读似乎也渐渐成了一种习惯，而且常常演变成了看，或者速看，有时甚至只是扫一眼。为了避免错过精彩，我常常"逼着"自己读——认真读，读出声。这首诗我用的就是这种方法，一字一句地、认真地读，体会，想象。文字是作者的心血，感动，佩服！

女诗人秋色朦胧：作品感情热烈，字句透露着热爱生活的气息。这首电视诗写出了对故乡祥云的深切赞美！

大理大学教授张锡禄：充满阳光和爱心的诗句，成熟而流利的表现手法，抒发出云南青山之胸怀，有厚重的茶叶香味，茶山青的诗歌我常读常新。

诗人郁东：①《你是正在绽放的花朵》，传统情感和现代意识的一次友好相遇！②《北京，一个最有热量的地方》，角度切入自然，歌颂质朴，好诗！③这种诗，比起那些故作深沉，拼命要把诗写得像诗的人的作品，好多了！

诗人和慧平：近年来，茶山青先生诗歌创作呈现井喷之势，作品感情饱满，热烈灼人，心性率真，直抵人心。作为老朋友，为他高兴，为他喝彩。

作家杨腾霄：茶山青这个名字很老辣，20世纪七八十年代就屡屡在茅盾题词的《洱海》报上盛放，大理诸多报刊上披靡，《边疆文学》《云南日报》等也屡见不鲜。我早闻祥云有个茶山青，而今茶树已成荫，一树吊千籽香飘万里地，诗歌吹响在诗圣普希金的故居，大理的荣耀与蓝眼金发人一起吹响洱海长笛，又与莫言等一流名家合影共吟。

茶山青是棵不老的茶树，永远年轻。

青年诗人王子军：《春之恋，爱之情》，很显然这一大组诗歌是作者写给自己爱人的。其实很多人的爱很简单，结婚前你侬我侬，结婚后无非就是柴米油盐酱醋茶。要知道那个时代爱一个人是一件很难的事情，一旦两个人相爱了那更是难上加难的事情。作者的爱情很质朴也很简单并没有像电视剧里一样动不动就是惊天地泣鬼神，而正是这简单和质朴我觉得才是爱情的真实。众所周知，那是一个父母之命、媒妁之言的时代，所以作者的爱情也多少遭到了女方家人的一点小阻挠，但难得的是二人依然结婚了。 女方的牵挂，男方的欣赏想必让现在的小情侣们多少有点羡慕吧！而这一组组情诗（史），不但让读者体会到了作者与爱人在那个时代的"前卫"爱情，同时也让读者看到了国家一个个时代的变迁。

河南诗人蚂蚁李永普：《容纳你，毫不顾忌》，以议论入诗易滥情，要不就是空泛虚妄。茶山青的这首诗，以一粒黄沙为主线，并非停留在虚妄的咏叹上，而是以个人体悟的诗性介入，将红尘世俗之爱演绎至神性之爱的高度。美妙女子的错，或者永不干涸的泪，作者推演人世情怀的手笔，一波三折，令人叹服！

安徽诗人滕杰：善于叙述和抒情的文笔，很朴实流畅。

湖南诗人袁甫俭：茶山青好，读你的诗，非常感动。你的语言口语化，朴实如一缕风——风韵盎然，让人陶醉之中而得以净化。

网友风笛：《跟着春天走》，细细品读，不仅仅是抒发个人爱情的诗，还有宽广深远的内涵空间。有父母长辈对子女晚辈血浓于水的亲情，有朋友之间深情厚谊的友情，甚至就是一个地方一个单位领导对人民对下属的关爱所产生的感激之情。的确，领导有着爱的温暖之情；家长或爱人有着爱的温暖之情，就是春天！一首诗道尽人间冷暖，感谢这份温暖。

网友秋水无痕：《跟着春天走》是成熟男人才能写出来的好情诗，那么温暖，那么温柔，那么温馨。

网友依然：《跟着春天走》，"我是一个怕阴怕冷的人。"近几年来大多数时间都是长裙厚袍加身，呵呵，读到第一句就有共鸣了！喜欢老师这首让人温暖的爱情诗！

四川女作家羽童：《你是正在绽放的花朵》将女人比喻成花朵，已经写了千年万年，在山青诗人这里似乎还远远不够。于是乎，我们又闻到了花朵散发出来的芬芳。

女诗人漫漫：好深情的爱情诗！佳作连连。《亲，今天去看望那群种田人》构思独具匠心。

女诗人秋色朦胧：拜读《我的一颗泪珠落在珠穆朗玛峰》，豪迈、热烈、率真，又极富大胆想象，是老师诗歌的特征，为老师点赞！

老师的诗，除了豪迈、率真，还很有青春气息，阳光得很！

摄影家画家山丫子：诗人茶山青近来诗兴大发，几百首佳作吸引了编辑老师的眼球被发表于国际国内，被誉为当代诗星，是诗文坛中屹立的一株老松。

后　记

　　这是一部描绘大理精彩内容大观的诗歌力作，有一百六十六首。作者倾心于用大型组诗反映大理，大理不仅有得天独厚的风花雪月，还有云——七彩祥云，还有风土人情、英雄俊杰、历史文化、各族人民的精神风貌。

　　这是一部在此之前还没有个人以诗的体裁写大理，写大理州各县精彩内容的专著。作者去大理、祥云、宾川、弥渡、南涧、巍山、漾濞、永平、云龙、剑川、鹤庆、洱源等地采风，默默地凭自己一些生命体验悄悄地做、悄悄地实现。

　　作品不单表现苍山洱海、一市两城——大理古城和下关风城的大理，而是以她为中心，泼以浓墨重彩，再弥漫开来辐射到周边祥云、宾川、弥渡、巍山、南涧、剑川、鹤庆、洱源、云龙、永平、漾濞等11个县域的特色、亮点，彰显一个州市名叫大理的地方。

　　整部诗集以代表千千万万的你我游大理为主线在一首首诗中展开。诗中偶有她或他，但都没离开主线上的你在大理触景生情，恋上浪漫大理的情感。诗多以交谈式的贴心写作贯穿始终。

　　整部诗集，是作者从近几年创作的二百余首现代诗里选出来的一百六十六首，有抒发小爱大爱的感情，小到对你和理想中的你来大理待在大理爱恋大理之情，大到抒发对他人或对大理风花雪月及其种种奇美风光的浪漫情感。这部诗集的一些诗，分别发表在《中国诗歌》《延河》《渤海风》《辽河》《黄河文学》《神州文学》《世界华文作家》《时代作家》《文学家》《北方文化》《大理文化》《大理日报》以及中国作家网，中国诗歌网，中诗网，人民日报海外网，中国电视诗歌散文、诗电影，中国爱情诗歌网，世界经典文学荟萃网，等等。有的入选权威选本《每日一诗》，如《盛夏，青天掉下一块碧玉》；有的入选《中国新诗排行榜》，如反映巍山马鞍山十万亩梨花的《不是一场鬼使神差的浩荡大雪》；有的入选《诗选刊》，如写甘蔗、写大理鲜花饼的《甘蔗自白》；有的入选云南文学年度选本诗歌卷，如《三月街》（原标题叫：《三月街，蜜蜂进进出出的一朵花》），有的发表在国际诗歌翻译杂志上，获吉尔吉斯斯坦拉希姆·卡里姆世界文学奖，如反映西洱河地貌的《生活在一条笑嘻嘻的鱼尾纹里》，反映巍山马鞍山十万亩梨花的《那只叫我穷追不舍的雪狐》。

这部诗集的产生，源于四次心血来潮。第一次是2018年10月，迫切地圆几年前想上《中国电视诗歌散文》的梦，就写出《大理遍地都是美丽的诗》。在《中国电视诗歌散文》编辑部录制播出后，引起不小轰动。其中由广东电视台播出，影响范围更广；发到朋友圈和几个群里，观看者不少，留言给予好评的众多，有说想来大理的。第二次是2019年，写诗正写得激情燃烧的我，想给家乡祥云也写一首电视诗，结果梦想成真，又有了《中国电视诗歌散文》编辑部录制播出的电视诗歌《滇西有片流光溢彩的云》。这一次，家乡祥云融媒体中心接力传播，更加扩大了影响。朋友圈、微信群里，不少留言点评都是称赞喝彩。第三次还是在2019年，有了给大理州十二县市的美好写一组诗的想法，一气写了二十首，结果《大理文化》杂志在2019年第11期刊出《三月街，蜜蜂进进出出的一朵花》《亲爱的，约你去赶三月街》《游览南涧土林，最终还是想到你》等八首，并在编辑手记里说这些诗"是直抒胸臆的，热情澎湃的，包含了对大理的深情厚谊……"说这些诗"是凭借诗人的直觉和对大理的爱，从内心深处流淌出真诚、直白的诗句"。第四次是过了2022年，完成了从2020年1月15日开始写到2021年12月完稿的诗集《120：蹈火天使》的写作和出版事宜，完成了《爱情坦白》《放出捏着的阳光》这两部诗集的校对出版后续工作，折过头来有了写一部大理的诗集的雄心。这一次，我一反常态，默默地写，不声张，不在网上发，朋友圈每天都是《世界经典文学荟萃》从中国诗歌网上选发以往的作品。时间来到2023年春，我终于如愿以偿，做了这件从来还没有人做的大事，向出版社和一直关怀的大家捧出了诗稿《大理，不止风花雪月》。诗稿捧给几位大师鉴赏，都得到肯定好评：著名评论家、诗刊社副主编霍俊明老师写来精准到位的评述序言；著名评论家谭五昌教授（北京师范大学博士生导师，中国当代新诗研究中心主任）、著名诗人雷平阳（云南省作协副主席）、著名诗人周占林（现代诗歌研究院副院长、中诗网主编）、著名评论家陈旭光教授（北京大学艺术学院博士生导师）先后写来精准到位的点评推介，中国作家协会中国诗歌网事业发展部主任祝雪侠写来了美评，给《大理不止风花雪月》铺了条坦途，让我感激不尽。
感谢大理著名摄影家杨士斌提供封面摄影图片，给本书添了光彩。

2023年1月31日于大理下关梨花溪